Katzenwetter

Martina Grünebaum

Katzenwetter

Ein *tierischer* Sauerlandkrimi

2. überarbeitete Auflage

ISBN: 978-3-74-311758-7

Alle Rechte beim Herausgeber
©2020 Martina Grünebaum
Herstellung und Verlag:
BoD - Books on Demand, Norderstedt
Umschlagsgestaltung: Uta Baumeister
Foto Cover: Martina Grünebaum
Fotos: Burkhard Grünebaum

Gedruckt in Deutschland

Für Kimba und Filou, stellvertretend für alle Samtpfoten!

„Zweierlei eignet sich als Zuflucht vor den Widrigkeiten des Lebens: Musik und Katzen."
(Albert Schweitzer)

„Das Leben und dazu eine Katze, das gibt eine unglaubliche Summe."
(Rainer Maria Rilke)

„Wenn man sich mit der Katze einlässt, riskiert man lediglich bereichert zu werden."
(Sidonie-Gabriell Colette)

Lust auf ein Abenteuer?

„**S**chau einmal, ich habe schon wieder eine!"
„Hm", antwortete der Schwarze und musterte das graue Mäuschen, das ihm seine Katzengefährtin vor die Pfoten gelegt hatte.
„Hm", wiederholte er und begutachtete das schlaffe Lebewesen, indem er es vorsichtig mit seiner Pranke berührte. Wie schlafend lag das kleine Tier im hohen Gras. Die dunklen Knopfaugen geschlossen, die Beinchen gestreckt, schien es entspannt zu ruhen.
„Nun, sag schon. Wie findest du es?", fragte die buntgescheckte Kätzin, die vor lauter Aufregung mit ihren Vorderbeinen auf und ab trampelte, so dass schon bald die Grashalme in ihrer Nähe geknickt zu Boden sanken.
„Hm", erklang es zum dritten Mal. Der imposante Kater ließ seinen Blick über die Wiese schweifen. Grasbüschel wiegten sich leicht im Wind. Genau richtig, um sein von der Sonne aufgeheiztes Fell zu kühlen. Es war Katzenwetter ...
Keine Tropfen von oben, keine Stürme, die das Fell durcheinanderwirbelten und der Kälte Angriffsfläche boten.
Er lebte schon lange bei den Menschen, daher wusste er, dass auch diese Katzenwetter liebten. Sie strömten bei besagter Witterung aus ihren Bauten, rannten wild in ihrem Grün herum, oder saßen auf graslosen Flächen, wo sie kalte Creme verspeisten, die sie Eis nannten. Manchmal bekam auch er einen Klecks ab von dieser Leckerei. Bevorzugt, wenn er die Men-

schen mit seinen Augen fixierte und dabei genug Geduld bewies. Von Zeit zu Zeit brieten die Menschen sogar Fleisch draußen, in Behältern, aus denen es dampfte und rauchte. Kamen schon auf verrückte Ideen, diese Zweibeiner. Doch wie bereits erwähnt, meistens beobachtete er derartiges Treiben nur bei Katzenwetter. Bei dem Gedanken an Creme und Fleisch bemerkte er ein Hungergefühl, das ihn plagte.
„Was ist mit der Maus?"
„Wie? Was?"
Die Maus ... Es dauerte nur den Bruchteil einer Sekunde, bevor er aus dem Tagtraum erwachte. Die Maus ... Na klar. Seine Gefährtin wartete auf ein Urteil. Sofort wandte er sich der Maus zu und stupste diese erneut mit der Pfote an und plötzlich ... Er zuckte vor Schreck zusammen. Das tot geglaubte Lebewesen huschte davon.
„Mäusedung!", kommentierte die Bunte und nahm mit geschmeidigen Bewegungen die Verfolgung auf. Der Schwarze beobachtete, wie sie durch das hohe Gras glitt, verschwand und wieder auftauchte, wie die glitzernden Flutschdinger, die nicht weit von der Wiese in einem Wasserloch lebten, in das er gelegentlich seine Pfote steckte. Brr, Wasser. Nein, eigentlich bevorzugte er das Gras. Dies war sein Territorium. Verzückt schnupperte er an einer Blume - was für ein Duft. Nach diesem Rausch streckte er seine Glieder und hieb die Krallen in die Rinde eines Baumes. Vereinzelt standen Bäume auf der Wiese, an denen man sich hervorragend die Krallen wetzen konnte. Mit sichtlichem Vergnügen trieb er seine

dolchartigen Mordinstrumente in die Rinde und zerfetzte sie. Zentimeterlange Holzfasern rieselten zu Boden. Er schaute nach oben, um die Baumkrone einer näheren Inspektion zu unterziehen. Dabei rieb er seinen Kopf an der Baumrinde, um sein Revier zu markieren. Nein, von oben drohte keine Gefahr. Wenn das Grün der Blätter die Farbe wechselte, hingen grüne oder rote Bälle an den Zweigen. Ab und zu fielen sie auf die Erde, dabei nahmen sie keine Rücksicht auf ihren Weg nach unten. Vor einigen Monden hatte ihn ein Ball angegriffen. Sein Blick verharrte auf den Steinnestern der Menschen, die sie nicht weit entfernt von der Wiese errichtet hatten. Wenn man länger bei ihnen wohnte, und er hatte schon einige Jahre auf dem Buckel, lernte man sie schätzen. Trotzdem sollte man niemals seine Vorsicht ablegen, denn Menschen waren nicht nur unterschiedlich in ihrer Größe und ihrem Aussehen, sondern vor allem in ihrem Verhalten. Kurz gesagt, sie waren schwerer einzuschätzen als die kläffenden Köter, die bisher seine Wege gekreuzt hatten, und das waren etliche. Noch einmal grub er seine Dolche in die knorrige Rinde des Ballbaums. Übrigens hatte er schon mehrfach beobachtet, dass Menschen Bälle aßen. Angewidert schüttelte er seinen Kopf, dass die langen Schnurrhaare noch eine Zeit lang auf- und abwippten. Bälle essen - tja, diese Menschen.

Von seinem Platz aus konnte er in die Gärten einiger Menschenbauten blicken. Einige Zweibeiner waren draußen und arbeiteten emsig in ihrem Grün. Sie huschten hin und her, waren genauso unentspannt wie diese gelbschwarzen Flieger, die von Blume zu Blume flogen und von denen man besser seine Nase und auch die Pfote fernhielt. Der Schwarze streckte seine Glieder. Ach, was für eine Wohltat. Ohne Eile machte er sich auf den Weg nach Hause. Es war Zeit für ein Schläfchen. Er bahnte sich seinen Weg durch das hohe Gras. Als ein bunt schillerndes Fliegerding, das ihn mit riesigen Augen anzustarren schien, seinen Pfad kreuzte, packte ihn das Jagdfieber. Das Gelb seiner Augen wurde schwarz. Den Körper flach auf den Boden gepresst, starrte er das vermeintliche Opfer an. Geduldig wartete er auf den geeigneten Augenblick.

„Die Maus ist mir entwischt!", klagte die Bunte, und ebnete sich ihren Weg durch die Grasbüschel. Während die Wiese auf der einen Seite von den Bauten der Menschen eingegrenzt wurde, säumten Hecken und Büsche die verbleibenden Seiten. Der Schwarze liebte diese Grünstreifen, die niemand in ihrem Wuchs behinderte. In ihrem eigenen Grün schnitten die Menschen gern an Blumen und Büschen herum. Jedes Mal, wenn das Grün sich als Katzenversteck eignete, kamen die Menschen mit großen Krallen und zerstörten den natürlichen Schutz. Wenn sie alles verwüstet hatten, „schnurrten" sie hinterher zufrieden. Wie schon gesagt: Menschen waren kompliziert. Gut, dass sie die Umrandung der Wiese mit ihrer Zerstörungswut verschonten. Es gab dort so viel zu entdecken. Mäuse huschten durch das Unterholz, Federtiere sangen ihre Lieder in den Zweigen der Büsche und ab und zu verirrten sich eigenartige Kreaturen in den Schutz des Grüns. Dort war er sogar schon einmal auf eine Riesenmaus gestoßen. Nicht zu vergessen diese Begegnung mit einem Stachelwesen. Ziemlich unfreundlicher Geselle. Er erhob sich und dehnte seine Glieder. Durch das plötzliche Auftauchen seiner Mitbewohnerin war das Fliegerding ohnehin außer Reichweite.

„Hast du mir überhaupt zugehört? Sie ist weg. Die Maus ist weg!"

„Macht dir nichts daraus", schnurrte der Schwarze, „die Maus war sowieso winzig."

„Aber ich wollte sie als Geschenk mit nach Hause nehmen."

„Dann fängst du halt eine neue. Du bist doch die beste Mäusefängerin im Umkreis." Das Strahlen in den Augen der Bunten kehrte zurück.

„Du hast recht. Ich fange eine neue", antwortete sie und eilte davon. Schon bald wurde sie vom Dickicht der Büsche verschluckt wie ein Brummding von einem glitschigen Hüpfer. Waren schnell zufrieden zu stellen, diese jungen Dinger. Manchmal fragte er sich, ob es mit der unterschiedlichen Beschaffenheit des Fells zusammenhing. Während sein Haarkleid sehr kurz war, war die Buntgescheckte mit einem langen Haarkleid gesegnet, das den Eindruck verlieh, sie sei doppelt so groß wie er. Da konnte man schon neidisch werden. Zusammen hatten sie schon den einen oder anderen Hundekoloss in die Flucht geschlagen. Diese Kreaturen waren übrigens oft genauso schlecht gelaunt wie ihre Menschen. Immer nur am Meckern und das in einer Lautstärke, dass einem die Ohren schmerzten. Nein, viele dieser Hunde hatten ein unmögliches Benehmen. Mit welcher Unverfrorenheit sie einfach in fremde Gebiete eindrangen! In der Nachbarschaft wohnten einige dieser Kläffer. Manche von ihnen waren so klein, dass man sich als Kater nur mitleidig abwenden konnte. Bekamen wahrscheinlich nicht genug zu essen. Tja, wenn man sich nur darauf verließ, was einem die Menschen servierten. Apropos, ob sein Napf gefüllt war?

Die Aussicht, einen gefüllten Teller vorzufinden, veranlasste ihn, den alten Knochen eine schnellere Gangart zuzumuten. Beschwingt trottete er über den Feldweg, der nach einiger Zeit an seinem Heim vorbeiführen würde. Trotz seiner Vorfreude arbeiteten seine Sinne auf Hochtouren und wenn ihn sein Instinkt nicht trog, wurde er verfolgt. Unruhig bewegten sich seine Ohren. Nur keine Angst erkennen lassen ...

Ein Hund war es sicher nicht, denn diese Viecher hatten die Angewohnheit sofort loszurennen. Vielleicht war es dieser graue Kater, der das Leben in der freien Natur dem Leben mit den Zweibeinern vorzog. Für ihn einfach unvorstellbar, auf die Annehmlichkeiten zu verzichten. Da war es wieder. Dieses unangenehm laute Knacken von Zweigen. Er verlangsamte seine Schritte, bereitete sich auf einen Angriff vor.

Und da geschah es...

Es raschelte wie der Wind, der durch die Blätterkrone eines Baumes strich. Er drehte sich in die Richtung, aus der er den vermeintlichen Feind erwartete. Das Nackenfell gesträubt, den Schwanz buschig, blickte er starr in eine Richtung.

„Habe ich dich erschreckt?", fragte die Bunte und ihre bernsteinfarbenden Augen funkelten.

Sofort glättete der Schwarze sein Fell, setzte sich, den Schwanz akkurat um den Körper gelegt.

„Pah, ich wusste sofort, dass du es bist", miaute er und leckte sich das Brustfell.

„Du bist ein Spielverderber", murrte die Bunte, "ich hatte mir wirklich Mühe gegeben."

„Ja, es war schon besser als das letzte Mal. Beinahe perfekt."

Die Bunte schenkte ihm einen strahlenden Blick.

Diese jungen Dinger, dachte der Schwarze, doch er behielt seine Meinung für sich. So hockten sie eine Weile zusammen auf dem Feldweg und genossen den Augenblick. Herrlich, dieses Katzenwetter. Der Schwarze betrachtete das Feld. Das Gewächs auf diesem Gebiet unterschied sich von den grünen Stängeln der Grasflächen. Aus Erfahrung wusste er, dass die Menschen Gefallen daran hatten, mit Blechfahrzeugen Fahrübungen auf diesen Feldern zu absolvieren. Scheinbar wahllos fuhren sie hin und her, bis nichts mehr von dem Grün oder Gelb des Feldes zu sehen war, nur noch aufgewühlte Erde, die aussah wie die tiefen Wunden in seinem Fell nach Revierkämpfen mit Eindringlingen.

„Kommst du heute Abend mit in den Wald?", fragte die Bunte und fixierte ihn mit ihren mandelförmigen Augen.

„ICH?"

„Natürlich, wer sonst? Der Graue hat mir erzählt, dass man von unserer Mäusewiese aus immer nur geradeaus laufen muss, dann gelangt man nach einiger Zeit in einen Wald, den die Menschen „Hexentanzplatz" nennen."

„Ach ja", antwortete der Schwarze. Ihn schauderte bei dem Gedanken nachts in der Gegend herumzulaufen. Aber das konnte er in Gegenwart seiner Katzengefährtin natürlich nicht zugeben.

„Was meinst du dazu?"

„Hm."

Blöd, dass er das Wort Hexentanzplatz nicht in die Katzensprache übersetzen konnte. Nun lebte er bereits seit sechzehn Jahren bei den Menschen. Die Wörter „Tanz" und „Platz" kannte er ... Aber was waren „Hexen"? Was auch immer, es konnte nicht vorteilhaft sein im Dunkeln mit etwas Neuem Bekanntschaft zu machen, vor allem, wenn es Katzen gegenüber nicht wohlgesonnen sein könnte.

„Nein, ich werde nicht mitkommen und du solltest auch nicht dort hingehen. Du weißt, dass unsere Menschen es nicht mögen, wenn wir uns nachts herumtreiben."

„Pah, du bist nur ein alter Kater, dem vor lauter Angst die Pfoten zittern!"

Noch bevor er etwas erwidern konnte, verschwand sie im Dschungel des Feldes.

Du alte Hexe!

Eigentlich schlief er um diese Zeit, aber heute kam er nicht zur Ruhe. Immer wieder eilte er zur Terrassentür und stierte in die Dunkelheit. Wo blieb nur dieses törichte junge Ding? Nicht, dass er ihre Anwesenheit vermisste, na ja vielleicht ein kleines bisschen. In unregelmäßigen Abständen öffneten die Zweibeiner die Tür und riefen: *"Filou! FILOU!"*
Das war der Name, den seine Leute der Bunten gegeben hatten. Er selbst hieß in ihrer Sprache „Kimba". Zumindest freuten sich seine Menschen, wenn er bei der Erwähnung dieses Wortes reagierte. Gerade jetzt stand ein Mensch vor der Tür und rief erneut. „Filou!" Er spürte die Verzweiflung in der Stimme. Wie gern hätte er ihn beruhigt. Schon nach kurzer Zeit kehrte der Mensch zurück, setzte sich und starrte in diesen merkwürdigen Kasten. Schon eigenartig, dass die wechselnden Bilder die Menschen in ihren Bann ziehen konnten. Zugegeben, auch er hatte sich schon das ein- oder andere Mal von dem Geschehen täuschen lassen. Da flogen Federtiere, huschten Mäuse über eine Wiese ... irgendwie nah und doch unerreichbar. Hatten die Menschen noch nicht herausgefunden, dass das, was sie dort sahen, nicht wirklich echt war? Während die Menschen auf weichen Gegenständen saßen, machte er es sich auf dem Teppich bequem. Die Ohren gespitzt, beobachtete er die seltsam gekleideten Personen, die umhereilten wie ein Katzenjunges, das zum ersten Mal auf Entdeckungsreise ging. Nein, heute war nichts Gescheites

in diesem merkwürdigen Kasten zu entdecken. Hoppla! Hatte er nicht gerade ein Wort gehört ... Nein, nicht EIN Wort, sondern DAS Wort.
„Du alte Hexe!"
Hexe? Seine Schnurrhaare zuckten vor Aufregung. Dieser unsympathische Mensch, bei dem sich instinktiv die Nackenhaare aufrichteten, war eine Hexe. Oh nein, oh nein ... Filou war dort, wo diese Personen tanzten. Mauzend rannte er zur Terrassentür. Hin und her, hin und her.
Lasst mich raus! Verflixt noch mal, Menschen waren begriffsstutziger als eine Maus.
„Nein! Heute geht es nicht mehr nach draußen!"
Er versuchte es erneut. Miaute laut und rannte zur Tür.
„Nein!"
Es hatte keinen Sinn, seine „Überredungskünste" waren nicht erfolgreich. Was blieb ihm anderes übrig als sich vor die Tür zu setzen und in die Dunkelheit zu starren. Nicht eine Sekunde würde er ruhen können. Die Fußbodenmatte war angenehm temperiert. Es war schon toll, was Menschen einer Katze zu bieten hatten. Boden, der Wärme ausstrahlte. Tja, diese Zweibeiner. Er streckte seine Glieder, den Kopf auf die weiche Oberfläche der Matte gebettet. Nun, ein paar Sekunden Ruhe würden seinem Körper gefallen. Einen kurzen Moment, danach würde er die Wache fortsetzen. Gähnend streckte er sich erneut, schloss die Augen und schlief und schlief und schlief ... bis ...

Die Begegnung

Ihre Pfotenballen schmerzten. Vielleicht sollte sie sich einen Augenblick ausruhen. Wind fegte unsanft durch ihr Fell. Rings um sie herum Dunkelheit und ein Meer von Geräuschen - aufregend und beängstigend zugleich. Ihr vierbeiniger Begleiter hatte sich bereits vor einiger Zeit verabschiedet. Sie war allein. Die euphorische Abenteuerlust war gestillt. An ihre Stelle rückte nun die Sehnsucht so schnell wie möglich in den geschützten Bau ihrer Menschen zurückzukehren. Bestimmt hatten sie schon nach ihr gerufen. Das machten sie immer, wenn sie bei Einbruch der Dämmerung noch draußen herumstrolchte. Doch beim ersten Ruf reagierte sie niemals ... außer ... nun außer, sie wollte ohnehin gerade in den Bau zurück. Zufrieden betrachtete sie ihre Beute, die sie vor den Pfoten abgelegt hatte. Noch nie hatte sie eine riesigere Maus gefangen. Ihre Menschen würden stolz auf sie sein. Doch was war das? Dieser Geruch, irgendetwas näherte sich, sie konnte es riechen ... aber nicht zuordnen. Ihr Herz klopfte vor Aufregung. Die Ohren dicht am Kopf, das Fell gesträubt machte sie einen Buckel, um den Unbekannten mit ihrer Größe zu beindrucken. Unaufhaltsam kam es näher ... schon nach wenigen Augenblicken erkannte sie flammenfarbenes Fell, eine spitze Schnauze, schwarze Knopfaugen und eine Reihe scharfer Zähne. Ihr Gehirn signalisierte Gefahr, der Drang die Flucht zu ergreifen wurde unbändig. Jedes Haar ihres Pelzes ragte empor. Sie entblößte ihr Raubtiergebiss. Stellte sich dem vierpfotigen Monster entgegen, tänzelte drohend auf das Untier zu. Sein Atem roch nach Moder und Aas ... nach Tod und Verderben. Ihr kleines Herz pochte laut. Würde der Ausflug zum Hexentanzplatz der letzte ihres Lebens sein? Würde das dolchartige Gebiss ihres Gegenübers gleich in ihren Nacken eindringen? Sie brauchte dringend Unterstützung. Immer näher kam die Schnauze dieses Hunde-Katzen-Wesens. Mit einer flinken Bewegung verpasste sie ihm einen Schlag mit den sichelartigen Krallen. Die Bestie jaulte entsetzt auf und wich ein paar Mauselängen zurück. Plötzlich erhellte sich die Nacht. Als eilte die leuchtende Scheibe des Tages zur Hilfe. Doch ihr Licht war sehr grell, wackelte und wurde begleitet von einem tiefen, röhrenden Brummen. Ihr Angreifer erstarrte. Sie sah die listigen Knopfaugen blinzeln, dann huschte das Geschöpf davon. Schon bald hatte es die Finsternis verschluckt, als sei es nur ein Produkt ihrer Fantasie gewesen. Sie kauerte sich auf den weichen Boden, unsicher in welche Richtung sie fliehen sollte. Das Brummen flößte ihr Angst ein und war doch vertraut zugleich. Dann erkannte sie den Ursprung der Lichtquelle. Dies war eines der Dinger, in die Menschen einstiegen, wenn sie nicht laufen wollten. Bei Dunkelheit leuchteten zwei riesengroße Napfteller-Augen auf. Urplötzlich erstarb das Dröhnen. Geblendet von dem Licht, konnte sie nur vermuten was passierte. Schon bald hörte sie Schritte von Menschen, die, soviel stand fest, niemals eine Maus erwischen würden, bei dieser Anschleichtechnik. Die Stimmen der Zweibeiner klangen aufgeregt. Sie redeten wild durcheinander. Ein lauter Knall ließ Filou zusammenzucken.

„Ey, bist du dämlich hier herumzuballern, du Idiot!"
„Ich wollt' doch nur ..."
„Ach, halt's Maul! Und steck die Waffe weg, bevor noch einer zu Schaden kommt! Wer hat dir überhaupt eine Knarre gegeben? Leute, wir sind doch nicht zum Quatschen hier! Wir wollen uns doch in dieser Gegend schon einmal umschauen, damit wir vorbereitet sind."
„Wer hat eigentlich bestimmt, dass du der Boss bist?"
„Hört auf damit! Wenn wir das Ding durchziehen wollen, dann ..."

Filou verstand kein Wort. Der Klang der Stimmen beunruhigte sie, ihr Instinkt riet ihr zur Flucht. Sie rannte, raste in irgendeine Richtung. Nur weg von dieser eigenartigen Atmosphäre. Nein, sie hatte genug von tanzenden Hexen. Schon bald wurde sie von dem Grabesdunkel eingehüllt, das sich wie eine schützende Decke über sie ausbreitete.

Ungeachtet der schmerzenden Pfotenballen eilte sie ohne weitere Pause durch das Unterholz. Beherrscht nur von dem einen Gedanken: Schnell nach Hause.

Hoffentlich würde sie den Weg finden.

Schade nur, dass sie die Riesenmaus zurücklassen musste. Wirklich bedauerlich.

Märchenstunde

Kimba musterte seine Katzenfreundin von der Schwanzspitze bis zu ihren imposanten Schnurrbarthaaren, um ein verräterisches Zeichen zu erkennen, das sie als Geschichtenerzählerin entlarven würde. Riesenmäuse, Mischwesen aus Hund und Katze, tanzende Hexen ... Nein, Kimba leckte verlegen sein Brustfell. Das war alles bestimmt ein Märchen, doch er traute sich nicht sie der Lüge zu bezichtigen. Um keinen Preis wollte er die gute Stimmung verderben. Zu groß war seine Erleichterung gewesen, als sie heute Morgen wieder wohlbehalten in den Menschenbau zurückgekehrt war. Auch die Menschen waren froh, das war unschwer zu erkennen, da sie viele Worte mit Filou wechselten in einer ruhigen Tonlage, ihr immer wieder durch das Fell strichen, und den Napf mit einer besonderen Leckerei füllten. Wovon er natürlich auch profitiert hatte. Allein bei dem Gedanken an die Speise leckte er sich mit der Zunge über die Schnauze.
„Du glaubst mir doch?"
„Ja klar", antwortete er und begann sogleich mit der Fellpflege, das würde ihm eine weitere Konversation ersparen. Normalerweise war er kein Freund von Falschaussagen, aber der Blick in die bernsteinfarbenen Augen seiner Katzenmitbewohnerin ließ ihn heute mal eine Ausnahme machen. Riesenmäuse, Mischwesen - Unsinn. Was die Hexen betraf war er unsicher, wo er doch selbst welche in diesem viereckigen Kasten gesehen hatte.

„Wo war überhaupt dieser Stromer, der dich zu diesem irrsinnigen Ausflug überredet hat?"

„Ah", sagte Filou, während sie mit ihren Pfoten eine Decke bearbeitete, damit sich diese optimal an ihren Körper schmiegte, „der wollte noch weiter in den Wald hinein, um sein Revier zu markieren."

„Pah, flohverseuchter Angeber", antwortete Kimba und streckte seine Glieder. Er hegte keine Sympathie für einen Kater, der eine Katzendame allein in unbekanntem Gebiet zurückließ. Was für ein ungehobeltes Benehmen. Aber was konnte man schon erwarten von Streunern, die keine Menschenbleibe fanden.

„Du solltest dich nicht ..." Der Schwarze verstummte, da seine Gesprächspartnerin die Augen geschlossen hatte und ihr regelmäßiges Atmen ihm verriet, dass sie eingeschlafen war. Das lange Fellkleid wirkte struppig. Sie musste sehr erschöpft sein, dass sie ohne vorherige Reinigung vom Schlaf übermannt worden war. Für einen Moment beobachtete er, wie ihre Schnurrbarthaare zuckten und lauschte den seltsamen Geräuschen, die aus ihrem Maul drangen. War sie auf der Jagd nach Giganto-Mäusen? Apropos Essen, vielleicht sollte er nachsehen, ob sie ihren Napf auch geleert hatte, wäre doch zu schade das gute Mahl verkommen zu lassen. Nach wenigen Schritten erreichte er die Schüssel. Zu seiner Enttäuschung war die Buntgescheckte dieses Mal sehr gründlich gewesen. Vielleicht sollte er auf die Jagd gehen und seinen Menschen ein tolles Präsent mitbringen. Wo doch deren Freude groß gewesen war, als Filou unbeschadet zurückgekehrt war, wie glücklich würden sie erst

sein, wenn er nach längerer Abwesenheit mit einer Beute vor der Tür sitzen würde. Noch einen letzten sehnsuchtsvollen Blick auf die Schüssel. Nein, es lohnte sich nicht einmal den Tellerrand abzuschlecken. Voller Tatendrang eilte er zur Terrassentür. Missmutig bemerkte er Wassertropfen die durchsichtige Wand hinunterrinnen. Er schüttelte sich. Irrsinn, bei diesem Wetter das gemütliche Heim zu verlassen. Das war auch eine von diesen Sachen, die ihn immer wieder erstaunten. Egal, wie das Wetter war, meistens zog es die Menschen hinaus. Nur manchmal blieben sie in ihren Schlafräumen. Was zur Folge hatte, dass sein Essen mit erheblicher Verspätung serviert wurde.
Wind peitschte die Zweige der Bäume. Für einen Moment erhellte ein gleißendes Licht das „Draußen" begleitet von einem Knall. Eindeutig kein Katzenwetter.
Sein Ausflug musste warten.

Die Entdeckung

Die Sonne wärmte sein Fell.
Ach, wie wohltuend seine Glieder zu strecken, nachdem er sich einige Zeit auf der Wiese gerekelt hatte. Kimba begann zu schnurren. Endlich hatte das helle Licht den Himmel zurückerobert. Zeit um sein Vorhaben in die Tat umzusetzen. Auch seine Menschen waren draußen, aber anstatt wie er das Wetter zu genießen, liefen sie hektisch hin und her. Heute würde er sich auf die Pfoten machen und ihnen etwas fangen, das ihnen so viel Freude bereitete, dass sie seinen Futternapf mit Köstlichkeiten füllen würden. Dieses war sein Plan.
Gemächlich schritt er Richtung Büsche und tauchte ein in das Grün der Blätter. Viele Geräusche prasselten auf ihn ein. Er verharrte ... bis ein Rascheln seinen Jagdinstinkt weckte. Langsam setzte er Pfote vor Pfote, schlich näher und näher. Jedes Haar seines Fells war vor Aufregung aufgerichtet. Plötzlich preschte etwas Graues aus dem Unterholz. Pfeilschnell sprang er darauf zu und erwischte das kleine Mäuschen, das sofort vor Angst quietschte.
„Hm", dachte Kimba und nahm die Pfote von dem wurmartigen Schwanz der Maus, die blitzschnell im hohen Gras verschwand.
Die war mickrig. Nein, er wollte doch etwas Besonderes fangen. Aber was war etwas Besonderes? Wenn er genau überlegte, hatte er noch nie beobachtet, dass ein Mensch eine Maus aß. Kaum vorstellbar, dass jemand solch eine Delikatesse verschmähte.

Aber so waren sie nun einmal, die Menschen. Wie bereits mehrfach erwähnt: schwer einzuschätzen. Endlich hatte er das Ende des Feldweges erreicht und wandte sich dem kleinen Waldstück zu. Sein Herz pochte vor Aufregung. Nur ungern entfernte er sich zu weit von seinem Zuhause. Das Alter hatte seine Abenteuerlust geschmälert, nicht aber seine Neugier. Gerüche überfluteten seine Sinne. Immer dichter wurde das Gestrüpp. Dornen zerrten an seinem Fell. Doch unbeirrt aller Widrigkeiten drang er weiter vor, bis ...
Was war denn hier passiert?
Platt gewalzt, ihres Lebens beraubt lagen Zweige und Pflänzchen, die trotz des spärlichen Lichts den Untergrund bedeckten, zertrampelt am Boden. Der starke Geruch von Menschen verriet ihm, wer diese Verwüstung angerichtet hatte. Er verlangsamte seine Schritte. Sein Instinkt riet ihm zur Wachsamkeit. Nicht jeder Mensch war ein Freund. Die Schnurrbarthaare vibrierten vor Aufregung, die gelben Augen wichen einem undurchdringbaren Schwarz, Rückenfell und Schwanz aufgeplustert, wie die Federtiere in der kalten Jahreszeit, wenn weißes Nass den Boden bedeckte.
Ganz langsam bewegte er sich weiter, drang tiefer, immer tiefer ein in die Schneise, die irgendwelche Menschen hinterlassen hatten.
Stopp! Was lag denn da? War das nicht eins von diesen Dingen, die die Menschen gerne suchten?

Eindringling

Dieses Benehmen war einfach unerhört!
Unruhig lief er im Wohnzimmer auf und ab. Sein Mensch stand an der vorderen Tür und präsentierte *sein* Mitbringsel einem anderen Zweibeiner. Ihm blieb nichts anderes übrig, als durch die durchsichtige Tür zu blicken. Am liebsten hätte er diesen Eindringling sofort vertrieben, zumindest den mit der dicken Nase und den Schlappohren, der an seinem Gegenstand herumschnupperte.
Unerträglich dieser Köter!
„Und das hat euer Kater mit nach Hause gebracht?"
„Ja, gestern Nachmittag. Gleich morgen bringe ich den Schlüssel zum Fundbüro.
Würde mich doch mal interessieren, wo Kimba den gefunden hat."
„Na, Lotte, möchtest du noch einmal riechen?"
Schon wieder tauchte dieser schwarze Koloss mit den Hängeohren die Nase an seine Beute.
Brr, wie unhygienisch.
Von der menschlichen Konversation hatte er kein Wort verstanden. Aber das spielte eine untergeordnete Rolle. Hauptsache, dieses Monstrum verschwand aus seinem Territorium. Keiner hatte ihn eingeladen oder gebeten das Geschenk zu besudeln. Über das Mitbringsel hatten sich seine Menschen allerdings sehr gefreut und nach einem ausgiebigen Zärtlichkeitsaustausch, den durfte man den Menschen nicht verwehren, den Napf gefüllt.

Er begann zu mauzen. Konnte nicht jemand diese Tür öffnen, damit er die Krallen in dieses Ungeheuer versenken konnte?
„Miau! Miauoo!"
Mäusedung! Waren die Menschen taub?
„Wauu! Wauuu!"
Verflixter Mäusedreck! Jetzt kläffte der Köter. Nein, das war kein Balsam für die Ohren. Aber bitte schön, wenn der ein Duell wollte ...
„MIAU! MIAUUU!!!"
Na, endlich! Die Tür öffnete sich. Wieder hatte er sich aufgeplustert, die Ohren dicht am Kopf, die Krallen in Bereitschaft. Doch bevor er sich dem vermeintlichen Feind nähern konnte, wurde dieser an einem langen Band weggezogen.
Die Haustür wurde geschlossen.

Eine uralte Katzenweisheit

„Tue es, wenn dir der Sinn danach steht." Ist eine uralte Katzenweisheit, die von Generation zu Generation weitergetragen wird und ihm stand der Sinn danach, etwas zu unternehmen. Insbesondere nachdem er diesem ungehobelten Köter keine Manieren hatte beibringen dürfen. Er war immer noch erzürnt über das Verhalten seiner Menschen. Wie konnten sie die Tür schließen, ohne ihm zu erlauben, den Eindringling darauf hinzuweisen, dass er sich in einem falschen Territorium befand, in dem er mehr als unerwünscht war? Man oder besser Kater hatte da so seine Methoden.

„Möchtest du dein Leckerli nicht?"
Er schnupperte kurz an dem Leckerbissen, den sein Mensch ihm vor die Nase hielt. Hm, wie das duftete.
„Möchtest du die Knusperstange, oder nicht?"
Aus Erfahrung wusste er, dass Zweibeiner dazu neigten, etwas anzubieten, wenn er sich demonstrativ von ihnen abwandte. Wahrscheinlich wurde ihnen dann bewusst, dass sie einen Fehler gemacht hatten. Nein, dieses Mal wollte und würde er sich nicht so einfach besänftigen lassen.
„Bist du krank? Vielleicht sollten wir zum Tierarzt fahren?"
Kimba zuckte zusammen. Da war es, dieses unangenehme Wort, mit dem er höchst unerfreuliche Erfahrungen verband. TIERARZT. Das war das Stichwort zu verschwinden, oder seine Taktik zu ändern. Tierarzt, das war dieser Korb, in den man gestopft wurde.

Anschließend wurde man in diesen Blechfahrzeugen befördert, die rumorten und brummten. Abgesehen davon machten sie keine weiteren Geräusche. Aber ihr tiefes Brummen ließ erkennen, dass sie stets schlechte Laune zu haben schienen. Das Schlimmste an allem war dieser Raum beim Tierarzt. Angst und Panik lagen in der Luft. Man war umgeben von Feinden, die kläfften und winselten und noch nicht einmal ein zivilisiertes Gespräch unter Katzen zuließen. Allein der Gedanke ließ ihn erschaudern.
„Oh, mein Armer. Zitterst du?"
Er blickte seinem Menschen in die Augen und begann zu schnurren. Dann stupste er leicht an die Hand, in der sich der Snack befand. Nachdem ihm dieser gereicht wurde, biss er hinein, kaute und schluckte und leckte sich übers Maul. Lecker! Einfach köstlich!
Sein Mensch, sichtlich erfreut über diese Entwicklung, kraulte ihm noch das Köpfchen, bevor er das Zimmer verließ. Kimba streckte seine Glieder. Sein Tatendrang war leicht gedämpft. Vielleicht sollte er sich eine kleine Pause gönnen, bevor er sich auf die Pfoten machte. Nur nichts überstürzen. Kimba streckte sich erneut und leckte danach eine seiner Pfoten. Mehrmals strich er sich damit über sein Gesicht. Tatendrang bedarf Energie, die wiederum voraussetzt, dass man vollkommen ausgeruht ans Werk geht. Er drehte sich zweimal um sich selbst, bevor er sich an Ort und Stelle niederließ. Der Teppich war angenehm warm und weich. Ideal, um ein Nickerchen zu halten. Nur einen Moment ausruhen. Kimba schloss die Augen.

Der Turm

Die Zähne des Ungeheuers waren mehr als doppelt so groß wie dessen Krallen. Die napfrunden Augen schimmerten rot, während aus seinem Maul eine unangenehme Flüssigkeit tropfte. Das Monster knurrte. Es war Zeit das Weite zu suchen. Aber in welche Richtung? Hektisch blickte er nach links und rechts. Die Wände waren glatt und hoch, viel höher als die Behausungen der Zweibeiner. Sein Herz pochte in einer rasenden Geschwindigkeit, als er erkannte, dass eine Flucht sinnlos war. Daher entschied er sich seine Zähne zu entblößen, in der Hoffnung das Untier einzuschüchtern.

„Hau ab!", zischte er, bemüht seiner Stimme einen festen Klang zu verleihen.

„Warum?", fragte die Kreatur mit einer eher ungewöhnlichen Stimme.

„Hau ab aus meinem Revier!", keifte Kimba.

„Quatsch, ich wohne doch hier."

„Wie? Was?"

Kimba öffnete die Augen und zuckte zusammen, als er sich seiner Mitbewohnerin gegenübersah, die ihn anstarrte.

„Hast du geschlafen?", wollte die Bunte wissen und berührte ihn mit einer ihrer Riesentatzen sanft am Kopf. Kimba schüttelte sich. Dieser Austausch von Zärtlichkeiten war einfach nicht sein Ding. Besonders nicht nach diesem Albtraum.

„Du predigst doch immer, dass man stets wachsam sein sollte."

„Nun ja", räusperte sich der Schwarze und streckte seine Glieder, „ich habe dich nur getestet." Die Bunte hüllte sich in Schweigen. Kimba ärgerte sich sehr über diese Stille. Warum sagte sie nichts? Sie war doch ansonsten neugierig und hinterfragte jedes Detail. Aus welchem Grund wollte sie nicht mit ihm diskutieren? Hielt sie ihn vielleicht für zu alt und dickköpfig? Immer noch saß dieser Riesenflauschball einer Katze vor ihm, die hellbraunen Augen leuchteten.
„Warst du schon beim Beobachtungsturm?"
„Wo?", presste er heraus, immer noch gekränkt, dass sie seine Aussage oder besser Ausrede ohne Widerworte hinnahm.
„Beim großen Turm", wiederholte sie und bedachte ihn mit einem triumphierenden Blick, als hätte sie einen Bach entdeckt, in dem frische Milch fließt. Er hatte noch nie von diesem Turm-Ort gehört. Anscheinend handelte es sich um eine Erhöhung, die eventuell von den Jüngeren als „großer Turm" bezeichnet wurde. Die Tatsache, dass die Bunte über derartiges Wissen verfügte, machte ihm mal wieder schmerzlich bewusst, dass er einige Katzenjahre mehr auf dem Buckel hatte, was seine Entdeckungslust ein wenig gedämpft hatte.
„Der große Turm steht neben dem Versammlungsort der Menschen", erklärte Filou. Ihre langen Schnurrbarthaare vibrierten vor Erregung.
„Der Graue hat mir erzählt, dass dort ab und zu Zweibeinertreffen stattfinden. Große und kleine Menschen kommen dort zusammen und machen Krach. Außerdem schütten sie ganz viel Flüssigkeit in sich

hinein. Bei einigen verändert sich dann die Sprache. Selbst der Graue kann dann kein Wort mehr verstehen."

„Pah", warf Kimba verächtlich ein, „als ob der überhaupt etwas verstehen würde."

„Sei nicht so gemein", tadelte die Bunte und sah Kimba mit ihren funkelnden bernsteinfarbenen Augen missbilligend an. „Auch der Graue hatte ein Menschenhaus."

„Niemals!", erwiderte Kimba. „Der Stromer ist und bleibt nur ein Geschichtenerzähler. Du solltest dich von ihm fernhalten. Das ist kein Umgang für dich!"

„Aber ein alter, langweiliger Kater, der noch nie den Turm gesehen hat. Das ist ein Umgang für mich?!"
Mit diesen Worten stolzierte sie davon.

Eine stürmische Nacht

Die Dunkelheit verbarg den Tag und war verschwunden wie eine Maus, die im hohen Gras Zuflucht gefunden hat. Kimba saß vor der Terrassentür und blickte nach draußen. Hier und dort konnte er Bewegungen erkennen. In der Nacht schliefen die Zweibeiner, oder zumindest meistens. Ab und zu veränderten sie ihre Routine. Doch heute war keine außergewöhnliche Aktivität zu erkennen. Die Bunte hatte sich ebenfalls zu den Menschen gesellt. Nicht immer wurde dies begrüßt, aber heute war es ihr anscheinend gelungen, sich unbemerkt auf die weichen Lager zu kuscheln. Das musste man den Menschen lassen, sie wussten wie man es sich bequem machte. Leider waren die Türen geschlossen, so dass es ihm unmöglich war, es ihr gleich zu tun und sich ebenfalls zu den Menschen zu begeben. Unverschämtheit! Andererseits war er dankbar, dass sie heute in verschiedenen Räumen nächtigten. Er war immer noch ein wenig gekränkt, dass sie ihn als alt und langweilig bezeichnet hatte. Frechheit! Schuld daran hatte dieser graue Stromer, der einen schlechten Einfluss auf ihr Benehmen hatte. Er sollte bei Gelegenheit mal ein ernsthaftes Katergespräch mit diesem verflohten Einzelgänger führen. Der Bunten immer diese Verrücktheiten aufzutischen. Kimba streckte seine Glieder und beschloss es sich vor der Terrassentür gemütlich zu machen. Die warmen Steine waren angenehm. Er schloss die Augen und genoss die Wärme, die durch seinen Katzenkörper drang. Draußen bewegten sich die Zweige unruhig hin und her. Das Geräusch, das sie erzeugten, erinnerte ihn an das Zähneklappern einer gigantischen Katzenmeute, die auf diese Art ihren Jagdtrieb zum Ausdruck brachte. Der Sturm gewann an Stärke und komponierte eine unheimliche Melodie. Ach, er war froh auf dieser Seite der Tür liegen zu dürfen. Ihn schauderte bei dem Gedanken, in der Dunkelheit herumirren zu müssen. Doch was war das? Hatte er nicht ein Geräusch gehört, das nicht zum Rest der Kulisse passte? Kimba öffnete die Augen und starrte durch die durchsichtige Wand. Schemenhaft erkannte er drei Gestalten, die Wind und Wetter trotzten und zum benachbarten Menschenbau schlichen, der sich nur wenige Meter entfernt befand. Da das Verhalten der Zweibeiner an sich schwer einzuschätzen war, ähnlich wie die Geschwindigkeit dieses langen, braunen mausähnlichen Wesens mit dem buschigen Schwanz, das blitzschnell in die Höhen der Baumwipfel entschwinden konnte, hätte er dieser Beobachtung eigentlich keinerlei Bedeutung beigemessen, wenn ... ja, wenn da nicht dieses Gefühl gewesen wäre, dass irgendetwas nicht in Ordnung war mit diesem Dreiergespann. Kimbas Schwanz bewegte sich ruckartig von links nach rechts, von rechts nach links. Seine Augen stierten in die Richtung der Unbekannten. Sein Nackenfell richtete sich langsam auf.

Fremder Besuch

"Sie sind sich ganz sicher, dass Sie nichts gesehen oder gehört haben?"
"Leider können wir Ihnen nicht weiterhelfen."
Aus der kurzen Distanz beobachtete Kimba die Person, die im Flur stand und eine Frage nach der anderen stellte. Jeder schien aufgeregt zu sein. Insbesondere seine Zweibeiner, da sie immer und immer wieder den Redeschwall dieses Individuums unterbrachen. Ab und zu schüttelten sie ihre Köpfe, was nach Kimbas langjähriger Erfahrung meistens nichts Positives zu bedeuten hatte. Sein Instinkt verriet ihm, dass dieser fremde Zweibeiner etwas wissen wollte. Vielleicht würden sie seine Beobachtungen von gestern Abend interessieren. Er verließ seinen Platz und näherte sich Pfote um Pfote.
"Oh, Sie haben eine Katze. Sieht mir aus, als wäre sie schon ein paar Jahre älter. Keine Katze, die Einbrecher verscheucht."
Kimba strich der Person ein paar Mal um die Beine. Zum einen um auf sich aufmerksam zu machen, zum anderen um den für seine Nase eigenartigen Geruch, der sie umgab, zu verbessern.
"Ja, ja unser Kimba ist schon ein Katzen-Opa. Aber zurück zum Geschehen. Wir sind immer noch geschockt. Nebenan wird eingebrochen und wir haben nichts gehört oder gesehen. Furchtbarer Gedanke."
"Grämen Sie sich nicht. Das passiert häufig", erwiderte die Fremde und holte irgendetwas aus ihrer Tasche. *"Hier bitte meine Visitenkarte."*

„Gut. Danke."
Dann schritt sie zur Tür und war schon nach kurzer Zeit verschwunden. Na endlich, dachte Kimba, denn schließlich hatte er seinen Zweibeinern doch etwas Wichtiges mitzuteilen und seine vorherige Tätigkeit dieser fremden Person einen besseren Duft zu verpassen, hatte sich nach deren Weggang ohnehin erledigt.

„Miau! Miau!" Kimba eröffnete seine Rede. Doch aus einem nicht ersichtlichen Grund schien er nicht die richtigen Laute zu finden, denn seine Zweibeiner reagierten nicht. Stattdessen redeten sie aufeinander ein und gestikulierten mit ihren Pfoten.

„Ich kann es immer noch nicht fassen, dass wir so gar nichts mitbekommen haben. Wirklich erschreckend."

Dass er nicht beachtet wurde verletzte Kimbas Stolz und so entschloss er sich, sein Wissen nicht mit den Zweibeinern zu teilen. Die hörten ja sowieso nie richtig zu.

„Hast du schlechte Laune?", fragte die Bunte, die sich an ihn herangeschlichen haben musste. Anders konnte er sich ihr plötzliches Auftreten nicht erklären.

„Hm", antwortete er und beschloss, ihr zu erzählen, was er beobachtet hatte. Zumindest ihre Aufmerksamkeit wäre ihm gewiss. Nun würde sich zeigen, wer alt und langweilig war.

„Ich habe etwas im Grün des benachbarten Steinbaus gesehen, als die helle Sonnenscheibe sich zum Schlafen gelegt hatte."

Wie er erwartet hatte, betrachtete die Bunte ihn voller Neugier. Sie setzte sich vor ihn hin, die Ohren gespitzt, während ihr buschiger Schwanz vor Aufregung vibrierte. „Ehrlich?", fragte sie und ihre Augen leuchteten wie die vielen Punkte am Himmel, wenn die helle Scheibe schlafen ging.

„Da waren drei riesige Gestalten, die zum Haus nebenan schlichen. An ihrer Seite ein furchterregender Köter, dessen Zähne im fahlen Licht der Mondscheibe aufblitzten. Aus seinem Maul tropfte Flüssigkeit und als er den großen Kopf in meine Richtung drehte, leuchteten seine futternapfgroßen Augen und brachten jedes einzelne Haar meines Fells dazu, sich aufzurichten." Filous Schnurrbarthaare verrieten ihre Erregung. Kimba genoss es im Mittelpunkt zu stehen und suchte nach den passenden Worten, um die Geschichte auszuschmücken. Wie gut, dass Filou geschlafen hatte und sie nicht gemeinsam die Geschehnisse der vergangenen Dunkelheit verfolgt hatten. Es war schließlich nicht erforderlich zu erwähnen, dass die Beschreibung des Hundes ein mäusekleines bisschen von der Realität abwich. Natürlich nur geringfügig, versteht sich.

„Was ist dann passiert?", warf Filou ein und tänzelte mit ihren Vorderpfoten auf und ab, während ihr Schwanz immer noch in Bewegung war.

„Das müssen wir noch herausfinden", erklärte Kimba und war bereits beim Aussprechen des Satzes nicht so sicher, ob es sich dabei um eine gute Idee handelte. Doch der bewundernde Blick von der Bunten, mit dem sie ihn bedachte, ließ ihn alle Zweifel und Bedenken vergessen.

Nachforschungen

„Und?"
Wieder einmal machte sich seine verflossene Jugend bemerkbar. Doch er konnte dies unmöglich gegenüber seiner Mitbewohnerin zugeben. Ungünstig, wenn man daran arbeitete, sich einen gewissen Grad an Respekt und Anerkennung zurückzuerobern. Aber von welcher Seite man die „Maus" auch betrachtete, änderte nichts an der Tatsache, dass sein Geruchssinn nicht mehr der Beste war.
Das schlechte Wetter in der Nacht hatte die Landschaft verändert. Zweige lagen am Boden wie die nicht essbaren Reste von größeren Beutetieren. Das Erdreich klebte unangenehm an seinen Pfotenballen.
„Und?", fragte Filou erneut und es war unüberhörbar, dass sie nur an Ergebnissen interessiert war. Typisch für diese jungen Dinger von heute. Immer in Bewegung, immer in Hektik, fast schon wie die Zweibeiner, die niemals zur Ruhe zu kommen schienen. Er hoffte, dass sie sich nicht noch mehr schlechte Angewohnheiten der Zweibeiner angewöhnte.
„Hm. Nun ja", sagte er und schnupperte an einem geknickten Grashalm, um beschäftigt zu wirken.
„Was macht ihr da?", fragte eine Stimme, die Kimba sofort zuordnen konnte, ohne seine Tätigkeit zu unterbrechen. Die schwarze Katzendame war von gedrungener Gestalt und wirkte neben der imposanten Größe seiner Gefährtin wie ein junges Kätzchen. Doch das täuschte, denn sie konnte auf genauso viele Katzenjahre zurückblicken wie er. Dies und die Farbe

ihres Fells waren aber auch schon die einzigen Gemeinsamkeiten.
„Geht dich nichts an!", murrte er. Er gab keine vernünftige Erklärung für sein Verhalten. Er konnte diese Nachbarkatze einfach nicht ausstehen. Schuld daran waren keine langjährigen Revierstreitigkeiten, sondern schlicht und ergreifend eine Antipathie. Nein, er hegte keine Sympathien für dieses mickrige Wesen.
„Kimba hat gestern etwas beobachtet. Außerdem hat er vor kurzem nicht weit von hier etwas Interessantes gefunden. Wir vermuten, dass die Zweibeiner schon einmal hier waren und suchen jetzt nach Spuren."
Kimba schaute auf und bedachte die Bunte mit einem Blick, der jeden Angreifer in seine Schranken gewiesen hätte. Doch bei Filou verpuffte dies ohne Wirkung. Wie schon des öfteren, fragte er sich, ob diese Ignoranz mit ihrem längeren Fellkleid in Verbindung stand.
„Spuren? Da findet ihr bestimmt keine. Aber ich könnte meine Freundin holen." Noch bevor Kimba einen Einwand erheben konnte, antwortete Filou: „Das ist eine tolle Idee. Hunde können ja viele Dinge nicht, aber ihr Geruchssinn ist wirklich nicht schlecht." Die Schwarze nickte nur und eilte dann davon. Kimba betrachtete die Bunte, die gerade versuchte, ihr Fell zu glätten, obwohl dies eigentlich eine unlösbare Aufgabe war.
„Willst du dich auch noch für diesen Köter putzen?", murrte Kimba, der mehr als unzufrieden war mit der Entwicklung der Geschichte. Wer brauchte diese Töle? Die Nachbarkatze hatte das Pech, ihr Quartier mit

einem Hund teilen zu müssen. Was dachten sich die Zweibeiner nur dabei? Ihn schauderte. Er hoffte, dass seine Menschen ihm diese Schande ersparen würden. In diesem Moment knackte und raschelte es im Unterholz, dass die Federtiere verschreckt aufflogen. Kimba und Filou starrten in dieselbe Richtung, die Ohren gespitzt, duckten sie sich. Sie verharrten regungslos und lauschten dem ohrenbetäubenden Geräusch, das auf sie zukam. Unaufhaltsam, wie die röhrenden Blechmaschinen der Zweibeiner.

Gestatten, Sunny!

„Musst du immer so einen Krach machen?"
„Entschuldigung", stammelte der braune Koloss, seine dunklen Augen blickten schuldbewusst.
„Der macht mehr Lärm als ein Rudel von diesen Blechdingern, die die Erde aufreißen", schimpfte Kimba. Seine Anspannung war verschwunden. Er richtete sich zu seiner vollen Größe auf, um diesen Köter mit seinem Auftreten zu beeindrucken. Dieses braune Etwas überragte ihn zwar an Körpergröße und auch dessen Zähne waren nicht zu verachten, aber trotzdem sah Kimba keinen Anlass, sich bedroht zu fühlen. Zugegeben: Sie hatten in der Vergangenheit bereits die ein- oder andere Meinungsverschiedenheit ausgetragen. Doch dies hatte sich mehr um einen netten Zeitvertreib gehandelt als um einen echten Kampf. Nein, dieses Exemplar von Hund gehörte sicherlich eher in die Kategorie: harmlos. Das galt natürlich nicht für alle schwanzwedelnden Vierbeiner dieser Gattung.
„Was soll ich machen?", fragte der Braune und blickte erwartungsvoll in die Runde.
„Suchen! Schnüffeln!", antwortete seine schwarze Hausgenossin.
„Aha", antwortete der Hund und begann unverzüglich mit der Arbeit. Kimba, Filou und die schwarze Katze, die von ihren Zweibeinern Kalinka gerufen wurde, schauten zu.
„Toll", sagte Filou, „dass du die Hundesprache sprichst." Um ihrer Begeisterung noch mehr Ausdruck

zu verleihen, leckte sie der Schwarzen als Anerkennung über den Kopf.

„Pah!", brummte Kimba, „bleibt ihr ja keine Wahl, wenn sie mit so was zusammenleben muss." „Ich will nicht prahlen, aber ich verstehe auch einiges. Ist ja auch keine schwierige Sprache."

Doch Filou schien seine Worte nicht gehört zu haben, denn sie erwiderte nichts. Die ganze Angelegenheit missfiel Kimba mehr und mehr. Sein Vorhaben, Stolz und Anerkennung zu erlangen, schien in das Dunkel eines Mauselochs zu entschwinden. Er, die eigentliche Hauptperson, wurde zu einer Randfigur degradiert. Dies war undenkbar für einen Kater, der etwas auf sich hielt.

„Also wenn ich nichts rieche, dann findet auch ein Hund keine verwertbaren Spuren", erklärte er und leckte wie beiläufig seine Vorderpfote, um sich damit sein Gesicht zu putzen, während er aus den Augenwinkeln den Hund beobachtete. Ein sauberes Auftreten hatte stets höchste Priorität.

„Nein, wie widerlich!", rief Kimba und stellte schlagartig seinen Säuberungsprozess ein. Er konnte nur unter größter Anstrengung verhindern, dass die leckeren Geleestücke, die er zu Hause in gepflegter Atmosphäre zu sich genommen hatte, den Magen wieder verließen.

„Eklig!", presste er heraus und starrte den braunen Koloss an, der gerade dabei war, den zweiten, hellen Papierfetzen zu verschlingen, den die Zweibeiner benutzten, um ihn an ihr Gesicht zu halten. Sie machten dann eigenartige Geräusche und beschmierten

den Lappen mit undefinierbarem Schleim. Nein, dies war auf keinen Fall etwas, das eine anständige Katze essen würde. Die Essmanieren der Hunde waren schlichtweg ungehobelt und mehr als unkultiviert.
„Warum hat er das Ding gefressen?", wollte Filou wissen.
„Weil Hunden so etwas schmeckt", erklärte Kalinka.
„Aha", meinte Filou und drehte dann dem Ungetüm, das jeden Grashalm einzeln zu inspizieren schien, den Rücken zu. Kimba beobachtete weiterhin, wie das riesige Riechorgan den Boden durchkämmte. Plötzlich hielt der braune Hund seinen Kopf in die Höhe und stierte in eine Richtung, als habe er dort ein vermeintliches Beutetier in der Ferne erspäht.
„Was ist los! Was hat er?", fragte Kimba. Dieser kurze Wortwechsel veranlasste auch Filou sich dem Geschehen wieder zuzuwenden.
„Hat er etwas entdeckt?"
Kalinka schien diesen Moment, in dem ihr die komplette Aufmerksamkeit zuteil wurde, zu genießen. Den dünnen Schwanz akkurat um die Vorderpfoten drapiert, die Brust geschwellt, den Kopf erhoben schaute sie triumphierend von Kimba zu Filou, bevor sie sich bequemte etwas zu sagen.
„Die Menschen nennen sie Sunny. Sie ist ein weiblicher Hund."
Pah, wen interessiert das, dachte Kimba. Aber er hielt sich mit Kommentaren zurück. Es wäre nicht klug, in dieser Situation spöttische Bemerkungen abzugeben, solange man noch keine Antwort auf die Fragen hatte.

„Hat Sunny nun etwas entdeckt, oder nicht?", fragte Filou mit weit aufgerissenen Augen, die ihre Neugier nicht verbergen konnten. Endlich schien sich Kalinka an ihre Aufgabe als Hundesprachdeuterin zu erinnern. Den Schwanz erhoben, stolzierte sie Richtung Sunny, strich dieser ein paar Mal um die Vorderbeine und lauschte den kehligen Lauten, die aus dem Maul des Kolosses drangen.

„Sie sagt die Spur sei schwach. Aber sie werde sich heute Abend mit ihrem Freund Zippu auf die Suche begeben, um das Nest dieser Zweibeiner ausfindig zu machen.

„TOLL!", rief Filou in ihrem Übermut, während Kimba noch nach den passenden Worten suchte, um dem Köter dieses Vorhaben auszureden.

„Das ist wirklich nett von den Hunden, nicht wahr?", warf Filou ein.

„Hm", murmelte Kimba.

Die Vorahnung

Wieder einmal war die Dunkelheit zurückgekehrt. Kimba hockte vor der durchsichtigen Wand und starrte nach draußen. Er hatte ein ungutes Gefühl. Es war eine dieser Vorahnungen, die einen überwältigten, wenn man eine Gefahr spürte. Doch was sollte passieren? Seine Gefährtin Filou hatte es sich auf dem Teppich bequem gemacht und schlief. Alle Zweibeiner saßen gemeinsam in der Nähe dieser Kiste mit den verschiedenen, langsamen Bildern und schienen sich zu entspannen. Was ja, wie bereits erwähnt, recht selten vorkam. Und doch …? Irgendetwas störte ihn, wie ein lästiger, spitzer Zweig, den man sich in den Pfotenballen getreten hatte und der immer noch piekte, obwohl er schon entfernt worden war. Kalinka hatte ihnen versichert, dass sich das Hunde-Duo heute auf den Weg machen wollte, um diese Zweibeiner aufzuspüren. Eigentlich eine Aufgabe, die ihm zugestanden hätte. Aber wollte er in das dunkle Unbekannte? Kimba schüttelte sich. Lächerlich, einfach lächerlich. Er machte sich doch wohl keine Sorgen um diese Köter? Die konnten doch auf sich selber aufpassen, oder nicht? Kimba streckte seine Glieder, drehte sich mehrmals um die eigene Achse, bevor er die richtige Position gefunden hatte, um sich auf der Fußmatte niederzulassen. Er schloss die Augen. Der Schlaf übermannte ihn und mit ihm kamen die Träume.

Der Aufbruch

„**V**orwärts!", kommandierte der Rauhaardackel Zippu und blickte sich um, „geht es auch etwas schneller?"
Jede Aussage von Zippu klang wie ein Befehl. Nein, diesen Ausflug hatte sie sich anders vorgestellt. Als sie sich von den Zweibeinern davongeschlichen hatte, war da noch dieses tolle Gefühl gewesen. Diese Energie die ihren Körper fast von allein getragen hatte. Mittlerweile war dieser Schwung aufgebraucht und sie sehnte sich nur noch nach ihrem Platz im Hausflur. Doch ihr Freund Zippu schien unermüdlich. Trotz seiner kleinen Gestalt mit den viel zu kleinen, krummen Beinen.
„Nun komm schon!"
„Ich kann nicht mehr", winselte Sunny, „ich will nicht mehr."
Für Zippu schienen die herumliegenden Äste und Zweige kein Problem darzustellen. Geschickt bahnte er sich seinen Weg durch das dichte Gestrüpp, während ihr langes, braungolden schimmerndes Fell sich immer wieder in diesem Zweigengewirr verhakte. Ihre Abenteuerlust war schon längst auf dem Nullpunkt angelangt. Beeinflusst von Zippus Jagdausflugsgeschichten, hatte sie es als Chance gesehen, Teil von einer dieser Storys zu werden. Blöde Idee!
„Weiter! Weiter!", befahl die kleine, lange Gestalt.
Sunny seufzte.
„Ich will nach Hause", jammerte sie kläglich.

„HALT!", rief Zippu, sein drahtiger Körper bildete von Kopf bis Fuß eine Gerade, jedes einzelne Härchen seines Fells schien unter Spannung zu stehen.

„Was ist los?", fragte Sunny und setzte sich auf den Waldboden, der übersät war mit piksenden kleinen Stöckchen, die ab und zu in die Pfotenballen drangen. Sehr unangenehm.

„Pst", zischte Zippu.

„Na, wenn du mich an deiner Entdeckung nicht teilhaben lassen willst", nörgelte Sunny beleidigt.

„Riechst du nichts?" Die Frage von Zippu klang wie ein Gemisch aus Verwunderung und Verachtung. Die Luft war erfüllt von unzähligen, fremdartigen Gerüchen, die Sunnys Nase überfluteten, seit sie sich auf die Reise gemacht hatten. Anfangs hatte sie aufgeregt jedes Detail dieser Düfte hinterfragt und eingehend untersucht. Bis sie bemerkt hatte, dass Zippu sie jedes Mal ziemlich abwertend betrachtete, um sie dann mit einem Fachvortrag zu überschütten, der stets mit einer seiner Abenteuer aus längst vergangenen Zeiten endete. Mittlerweile war ihr Interesse abgeflacht. Sie verließ sich auf Zippus Instinkt. Wenn dieser unerschrockene Jagdhund keine Gefahr witterte, wollte auch sie den Gerüchen keinerlei Bedeutung beimessen.

„Natürlich rieche ich etwas", antwortete Sunny. Sollte er nun wieder mit einer dieser Angebergeschichten anfangen, würde sie dem ungehobelten Kerl erst einmal ihre Meinung mitteilen. Was bildete sich dieser Winzling überhaupt ein? Fast kleiner als seine Katzenfreundin, das Fell kurz, erinnerte er an diese unfreundlichen Stachelwesen, die von Zeit zu Zeit ohne Erlaubnis durch ihren Garten liefen und sich in einen „Ball" verwandeln konnten, der sich zum Spielen nicht eignete.

„Rückzug!", kommandierte in diesem Moment Zippu und ließ Sunny schlagartig aus ihren Gedanken zurückkehren.

„Wie? Was? Was bedeutet das?"

„Lauf!" „RENN, bevor sie uns umzingelt haben."

„Na, wenn du mir nur einen Schrecken einjagen willst, dann ..."

„Zu spät", winselte Zippu, ohne auf Sunnys Äußerung einzugehen. Sie wollte gerade etwas erwidern, als dieser starke Gestank, den sie schon seit einiger Zeit wahrgenommen hatte, allgegenwärtig wurde. Irritiert blickte sie auf. Genau in diesem Augenblick erhellte die Mondscheibe über ihnen kurz das Szenario und tauchte die Umgebung in ein mattes Licht. Es waren viele - sehr viele, die sie aus kleinen listigen Augen anstarrten. Noch bevor Sunny begriffen hatte, was eigentlich geschah, löste sich eines dieser Geschöpfe aus der Gruppe und rammte sie in die Seite. Sunny winselte auf. Dankbar nahm sie wahr, dass Zippu versuchte den Angreifer von einer weiteren Attacke abzuhalten. Er bellte, kläffte und verstellte dem Untier den Weg. Während dunkle Wolken das helle Nachtlicht bedeckten und alles in Dunkelheit hüllten, rückten die anderen näher und näher.

Ein neuer Morgen

Es war alles nur ein Traum. Zum Glück! Er streckte seine Glieder, indem er jedes Bein einzeln lang machte. Dabei gähnte er und entblößte für den Bruchteil einer Sekunde sein Raubtiergebiss. Nach dieser „Dehnübung" stolzierte er zum Futternapf und musste zu seiner Entrüstung feststellen, dass die Töpfe leer waren. Dies steigerte seinen Unmut. Ein knurrender Magen und schlecht geschlafen war keine Kombination, die sein Katerherz mit Freude erfüllte. Er fühlte sich schlapp, als habe er den ganzen Tag vergebens hinter Beute hergejagt, die immer kurz vor dem entscheidenden Prankenhieb in den dunklen Erdlöchern verschwand.

Kimba schüttelte sich. Sein Blick fiel erneut auf die gähnende Leere in seinen Futternäpfen. Er musste auf diesen Missstand aufmerksam machen.

„Miau!"

Als dies nicht zum gewünschten Erfolg führte, steigerte er die Lautstärke. „MIAU!!!" Dies war eine der Taktiken, die er während des jahrelangen Zusammenlebens mit den Zweibeinern herausgefunden hatte. Laute Töne steigerten ihre Schnelligkeit und beschleunigten das erwünschte Vorhaben.

„Ich komme schon!", rief eine menschliche Stimme aus der oberen Etage. Kimba verstand wie immer nicht jedes Wort, aber dieser Satz stimmte ihn zuversichtlich, dass zumindest das Futterproblem in absehbarer Zeit gelöst sein würde. Es dauerte in der Tat

nicht lange, bis der Boden der Schüssel mit saftigen Geleestücken bedeckt war.
„Bist du nun zufrieden?"
Kimba begann mit dem Fressen und ignorierte die weiteren Worte, die sein Mensch vor sich hin murmelte. Der Mensch sprach viel und gern. Es genügte aber vollkommen, den menschlichen Gesprächspartner von Zeit zu Zeit anzublicken oder ein Schnurren erklingen zu lassen. Kompliziert wie die Zweibeiner eigentlich waren, in dieser Hinsicht waren sie einfach zufrieden zu stellen. Wenig später, als er genug Fleischstückchen gefressen hatte, widmete er sich einen Moment der Körperpflege, bevor er sich nach draußen begab. Ein lang gezogenes Miau, und schon öffnete der Mensch die durchsichtige Wand, begleitet von einem: *„Möchtest du nach draußen?"*
Kimba antwortete mit einem kurzen Miau, was in diesem Fall anscheinend das richtige Verhalten gewesen zu sein schien. In dem Moment, in dem seine Pfoten die Steinplatten berührten, strich ein leichter Windzug durch sein Fell. Brr - kein Katzenwetter. Für einen Augenblick schaute er unentschlossen in alle Richtungen. Die Bunte war nirgendwo zu sehen. Ob sie schon etwas herausgefunden hatte? Hatte sie schon mit der Nachbarskatze Kontakt aufgenommen, um in Erfahrung zu bringen, was diese beiden Köter zu berichten hatten? Filou brauchte weniger Schlaf und war trotz ihres imposanten Fellkleids immer recht schnell mit der Waschzeremonie fertig. Das lag wahrscheinlich daran, dass die Menschen ihr Fell öfters mit einer Bürste oder Bürsten bearbeiteten.

Immer wenn seine Zweibeiner, 'Bürste' oder 'Bürsten' riefen, eilte sie zu ihnen, strich um deren Beine und schnurrte. Dann bückten sich die Menschen und benutzten diesen Gegenstand, um Haare zu entfernen. Er war noch nie ein Freund davon gewesen. Er war durchaus in der Lage sich selbst um die gewisse Sauberkeit zu kümmern, abgesehen davon kratzten diese Dinger und hinterließen ein unangenehmes Gefühl auf seiner Haut. Doch sein Fell hatte ja auch eine andere Beschaffenheit. Wie auch immer, diese kurzen Putzeinlagen brachten ihr einen gewissen Zeitvorsprung ein. Wo zum Mäusedung war die Bunte? Genau in diesem Moment sah er ihre Silhouette. Sie raste und erinnerte ihn an diese schnellen braunen Federtiere, die ungefähr so groß waren wie er und ab und zu vom Himmel fielen wie die nassen Tropfen. Doch im Gegensatz zu diesen feuchten Tropfen flogen die Federtiere wieder hinauf, in ihren Krallen Beute, die auch er nicht verschmäht hätte.

„Du glaubst nicht was passiert ist!", rief Filou schon von Weitem und riss ihn aus seinen Gedanken.

Verwundet

Es war kein schöner Anblick, der sich seinen Augen bot. Für einen Moment vergaß er den Groll und schmiegte sich an die Seite des Hundes. Mit seinem schwarz glänzenden Fell streichelte er sanft über die Flanke des Vierbeiners. Doch der Zärtlichkeitsaustausch dauerte nur den Bruchteil einer Sekunde. Verletzt oder nicht, eine gewisse Skepsis gegenüber dem braungoldenen Köter mit den Hängeohren war Kimbas Meinung nach mehr als angebracht. Hund blieb Hund. Davon abgesehen hatte Sunny einen unangenehmen Geruch an sich, der in Kimba unerfreuliche Erinnerungen heraufbeschwor, die er noch nicht zuordnen konnte. Neben dem typischen, strengen Hundegeruch war da noch ... Ja, da war doch noch irgendetwas? Etwas, das Kimba veranlasste die Nackenhaare aufzurichten. Was zum Mäusedung war das nur? Sunny hatte sich derweil auf die Seite gelegt. Sie atmete schwer, ihr Brustkorb senkte und hob sich. Fast so wie das große Wasserloch in der Nachbarschaft, in dem man ähnliche Bewegungen erzeugen konnte. Zumindest wenn man seine Scheu überwunden hatte die Pfote in die kalte Flüssigkeit zu halten, um die darin wohnenden Flutschdinger zu jagen. Auf und ab, ab und auf. Das Winseln von Sunny ließ ihn in das Hier und Jetzt zurückkehren.
„Du Arme", sagte Filou, „hoffentlich wirst du bald wieder gesund."
Dies war das Stichwort, auf das alle Erfahrungen aus seinem bisherigen Leben und Gefühle auf Kimba ein-

prasselten. „Gesund" Na klar. Nun konnte er den Geruch zuordnen.

„Tierarzt", fauchte er.

Allein der Klang dieses Wortes ließ ihn zusammenzucken. Nun fügte sich ein Fleischbröckchen zum Nächsten. Tierarzt. Das erklärte auch, warum Sunny so seltsam aussah. Um den Kopf trug sie einen Kragen, einige Stellen ihres Fellkleids waren haarlos, andere Teile waren mit hellem Band umwickelt.

„Ich glaube ihr solltet jetzt gehen. Sie braucht Ruhe", sagte Kalinka und schmiegte sich an eine Seite der Hündin. Diese heulte kurz auf, beruhigte sich aber sofort, als Kalinka zu schnurren begann.

„Ja dann, Gutes-wieder-auf-die-Beine-kommen", sagte Kimba, ein wenig mit sich am Ringen, ob es nicht möglich war, zumindest eine mausekleine Information aus diesem geschundenen Hundekörper herauszubekommen. Er hätte so gern erfahren, was eigentlich im Wald vorgefallen war. Bisher war nur eines gewiss: Diese Mission war gescheitert. Eigentlich logisch, wenn man Hunden eine wichtige Aufgabe überträgt. Ohne ihre Zweibeiner sind sie einfach hoffnungslos überfordert. Sollte er es doch wagen, nach mehr Details zu fragen? Doch bevor er seine Gedanken in Worte kleiden konnte, war Filou an seiner Seite. Allein ein Blick in ihre Augen verriet ihm, was sie mit ihrer Nähe bezweckte. Ihm ohne Worte mitzuteilen, dass der Zeitpunkt des Aufbruchs gekommen war. Kimba nickte und gemeinsam verließen sie das Zweibeinernest, in dem Sunny wohnte. Nachdem sie den Steinweg verlassen hatten, bahnten sie sich ihren Weg durch das hohe Gras. Keiner von ihnen hatte Augen für die fliegenden Flatterdinger oder erfreute sich an den Düften der Umgebung.

Ein Versuch

Kimba starrte mal wieder durch die durchsichtige Wand. Es war einer dieser Tage, an denen die Menschen länger in ihren weichen Lagern blieben. Alles schien einem bestimmten Rhythmus zu folgen. Emsige Beschäftigung bis plötzlich die Routine unterbrochen wurde, um dann wieder neu zu entfachen. Ja diese Zweibeiner. Komplizierte Kreaturen. Immer wenn man glaubte ihren Tagesablauf durchschaut zu haben, änderten sie wieder irgendein Verhalten. Er hatte es aufgegeben, dieses Rätsel lösen zu wollen. Wozu auch? Nur eins war mehr als ärgerlich. Wenn einer dieser Lange-Im-Weichen-Lager-Bleiben Tage war, wurden die Mahlzeiten mit erheblicher Verspätung serviert. Ab und an beschleunigte er das menschliche Aufstehen, indem er lautstark auf sich aufmerksam machte. Heute hatte er dazu keine Lust. Für kurze Zeit löste er seinen Blick und schaute Richtung Teppich, auf dem die Bunte noch selig schlummerte. Danach blickte er wieder nach draußen, ohne die Einzelheiten der Umgebung wahrzunehmen. Da war dieser Gedanke, der ihn nicht loslassen wollte und der ihn bisher von einem erholsamen Schlaf abgehalten hatte. Er musste wissen, was im Wald passiert war.

„Hallo, bist du nicht mehr müde?"

Kimba zuckte zusammen. Vor lauter Grübeln hatte er nicht bemerkt, dass die Bunte ihren Schlaf beendet hatte. Sie hockte neben ihm und bedachte ihn mit einem Blick aus ihren hellen Augen.

„Ich konnte nicht schlafen. Habe überlegt, was im Wald vorgefallen sein könnte."

„Oh", antwortete Filou und startete gleichzeitig ihre Putzorgie. Mit einer ihrer Vorderpfoten, die sie vorher mit ihrer Raspelzunge befeuchtet hatte, strich sie mehrmals durch ihr Gesicht. „Wir könnten doch den langen Hund fragen", fügte sie hinzu, nachdem sie mit dem Waschergebnis zufrieden zu sein schien.

Der lange Hund war das kurzbeinige Etwas, welches Sunny begleitet hatte und von seinen Zweibeinern „Zippu" gerufen wurde. Dieser braungraue Köter war stets schlecht gelaunt und in Kimbas Augen unfähig ein normales Gespräch zu führen. Es handelte sich um einen ungehobelten Prahlhans, der nur von Jagdabenteuern berichtete und der jedes Mal mit einem störenden, lauten Gekläffe hinter jeder Katze herraste und damit jegliche zivilisierte Konversation von Anfang an verhinderte. Da bevorzugte er ja beinahe die Gesellschaft von diesem grauen Katzen-Vagabunden.

„Einen Versuch ist es wert", sagte Filou, als könnte sie seine geheimen Gedanken erraten.

Kimba zögerte die Antwort hinaus. Allerdings wie man die „Maus" auch drehte und wendete, es schien die einzige Möglichkeit zu sein, seine Neugier zu stillen.

„Hm", sagte er.

„Du hast doch nicht etwa Angst vor diesem eigenartigen Exemplar von Hund?" Auf so eine Frage konnte es nur eine Äußerung geben, dessen war sich Kimba bewusst.

„Natürlich nicht", erklärte er und bemühte sich der Stimme einen festen Klang zu verleihen.
„Ich werde mich heute noch mit ihm unterhalten."
„Du bist toll", schwärmte Filou und leckte ihm mit ihrer Zunge ein paar Mal über den Kopf. Dann kehrte sie zum Teppich zurück, drehte sich mehrere Male um die eigene Achse, bevor sie sich hinlegte und schon bald eingeschlafen war.

Zu Besuch bei Zippu

Zippu wohnte nur ein paar Menschenhäuser entfernt von seinem eigenen Nest. Allerdings war dies eine Richtung, die er ungern einschlug. Es zog ihn mehr in die freie Natur, wo alles wuchs, ohne von Menschenhand bearbeitet worden zu sein. In der „Zippu-Gegend" reihte sich Zweibeinernest an Zweibeinernest, nur unterbrochen vom Grün, das die Menschen stets bewachten und recht lautstark protestierten, falls man die Bereiche benutzen wollte, um seinen Bedürfnissen nachzugehen. Kimba konnte einen gewissen Grad an Anspannung nicht verhindern, als er die Straßen entlang schlich. Stets bemüht mit den Hecken und Zäunen zu „verschmelzen". Er wollte auf jeden Fall unerkannt bleiben, denn wer konnte schon wissen, wer oder was das Territorium zu dieser Tageszeit als das Seine betrachtete. An einigen Stellen verharrte er und nahm den Geruch in sich auf, der diesen Weg umgab. Ein- oder zweimal vergaß er alle Vorsicht und markierte Teile des Weges mit seiner speziellen Duftmarke. Endlich erreichte er den Ort, an dem dieser Zippu wohnte. Das Grün war umgeben von einer besonderen Absperrung, die Kimba in die Kategorie: „nicht besonders hoch" einsortierte. Es war wirklich eine Kleinigkeit für eine Katze dieses Hindernis zu überwinden. Für einen Hund schien es jedoch eine schier unlösbare Aufgabe zu sein. Auf jeden Fall für solch ein Exemplar, dessen Beine nicht gewachsen zu sein schienen. Mit einem geschmeidigen Satz landete Kimba auf dem Zaun und balancierte über diesen, als handelte es sich um einen breiten Pfad. Hunde gehören schon einer eigenartigen Spezies an, dachte Kimba. Nicht nur dass sie nicht klettern können, sie neigen auch noch dazu, meist sehr aufbrausend auf unerwarteten Besuch zu reagieren. Zugegeben: Wenn er auf einen Rivalen traf, konnte es auch schon einmal zu einem lauten Gefecht ausufern. Doch Hunde waren immer, wie bereits erwähnt, laut, um ungebetete „Gäste" zu verscheuchen. Erstaunlicherweise schienen sie auch die Menschen nicht leiden zu können, die ab und zu vor der Türe standen, um Kartons abzugeben. Er persönlich liebte Kartons. Ob Hunde diese Verpackungen nicht leiden konnten? Naja, wie auch immer. Das sonderbarste an den Hunden war schlicht und ergreifend die Tatsache, dass sie alle anders aussahen. Da gab es einige Riesenexemplare, die, wenn man ihnen begegnete, Flüssigkeit aus ihren Mäulern tropfen ließen. Dann gab es wiederum welche, die so klein waren, dass man sie mit Beutetieren verwechseln konnte. Aber unabhängig von ihrer Größe hatten alle, von ein paar Ausnahmen abgesehen, eines gemeinsam: Sie hatten stets schlechte Laune, wenn er in ihr Blickfeld geriet. Wirklich ein ungehobeltes Benehmen. Nun ja, Hunde eben, dachte Kimba und suchte den Garten nach dem krummbeinigen Etwas ab, das ihn zu seinem Erstaunen noch nicht bemerkt zu haben schien. Da! Dort hockte dieser Zippu. Eigenartig. Anstatt mit bellendem Getöse ihn als „Gast" zu begrüßen, kauerte dieser auf der graslosen Fläche. Den Kopf gesenkt, wirkte er beinahe wie eine dieser leblosen Figuren, die

die Zweibeiner gerne in ihren Gärten aufstellten. Im Gegensatz zu Sunny schien er keine äußerlichen Wunden davongetragen zu haben. Hm, was sollte er machen? Wie konnte er diesen zu niedrig geratenen Köter dazu bringen, mit ihm zu kommunizieren? Er hoffte, dass seine Sprachkenntnisse überhaupt ausreichen würden, um die notwendigen Informationen zu erhalten. Nicht auszudenken, wenn er sich diesbezüglich Hilfe von der „Schwarzen" erbeten müsste.

„Hallo", murmelte er und hoffte, es handelte sich hierbei um eine unverfängliche Anrede. Doch dieser Zippu starrte weiterhin den Boden an.

„Zippuuu?", sagte Kimba. Wieder erfolgte keine Reaktion. Unruhig zuckte Kimbas Schwanz hin- und her. Lag es an seiner Aussprache, dass dieses krummbeinige Etwas nicht reagierte? Kimba legte seine Ohren flach an den Kopf und begann zu fauchen, um auf diese Art und Weise den Hund aus seiner Trance zu holen. Vergleichbar mit dem Tempo, mit welchem sich diese weichen, schleimigen Kreaturen fortbewegten, die nie wegrannten, selbst wenn man sie mit der Pfote „bearbeitete" und einem damit den ganzen Spaß am Spielen verdarben, bewegte dieser lange Hund den Kopf. Seine Augen schienen ins Leere zu blicken, während er irgendwelche Sätze vor sich hinmurmelte, von denen Kimba nur Bruchstücke verstand.

„Es waren zu viele. Keine Chance. Umzingelt. Wildschweine."

Aufgeben?

„**W**ildschweine?", fragte Filou und verwandelte sich in ein wissbegieriges Kitten, das mit großen Augen die Welt erkundet und dabei jede neue Erfahrung und Information mit großem Interesse begutachtet.

„Die sind größer als Sunny, haben ein ähnliches Fell wie Zippu und leben zu mehreren im Wald, wo sie mit ihren langen Schnauzen im Dreck wühlen."

„Igitt!", entfuhr es Filou, der allein diese Kurzbeschreibung ausreichte um fast einen Würgereiz auszulösen.

„Warum wühlen die im Dreck?", wollte Filou wissen und begann ihr Fell zu lecken.

Kimbas Wissen über diese Tierart war erschöpft. Doch der Bunten keine Antwort auf ihre Fragen geben zu können, wäre seinem Ansehen nicht förderlich, daher entschied er sich ein paar „Fakten" zu ergänzen.

„Dabei markieren sie ihr Revier und fressen bei dieser Gelegenheit alles, was sie auf dem Boden finden können."

„Alles?", fragte Filou und beendete abrupt ihren Putzvorgang. „Wirklich alles? Auch die komischen Sachen die Hunde fressen?"

„Fast alles", korrigierte Kimba, ohne zu wissen, ob auch bei Wildschweinen diese hellen Papierfetzen, die ab und zu irgendwo herumlagen und von Hunden mit Hochgenuss verschlungen wurden, auf dem Speiseplan standen.

„Na dann", sagte Filou, „ist unser Abenteuer nun endgültig vorbei." „Mit diesen Wildschweinen, Hund-Katze-Wesen, den tanzenden Hexen und den Zweibeinern, die im Wald Krach machen ist es für uns dort viel zu gefährlich."

Eigentlich wäre dieser Augenblick der richtige Zeitpunkt gewesen, die „Operation" zu beenden. Doch aufzugeben ohne seine Ziele erreicht zu haben, war etwas, das Kimba mehr als widerstrebte. Je verworrener die ganze Geschichte, desto stärker wuchs Kimbas Neugier. Der Wunsch das Rätsel zu lösen zerstreute alle Bedenken. Tue es, wenn dir der Sinn danach steht. Diese alte Katzenweisheit geisterte durch seinen Schädel und schien seinen Körper mit nie geahnter Energie zu versorgen. Er fühlte sich wie ein übermütiger Jungkater, der nur einen Weg kennt - seinen. Doch die Euphorie war nicht von langer Dauer. Schon nach kurzer Zeit folgte die Ernüchterung. Konnten sie überhaupt etwas ausrichten? Immerhin waren selbst die Hunde gescheitert. Nun gut, sie waren diesen natürlich an Fähigkeiten weit überlegen, das stand außer Frage. Sie konnten sich bei Gefahr immerhin auf einen Baum retten.

„Oder sollen wir den Grauen bitten uns zu begleiten?"

Kimbas Schwanz zuckte hin und her. Es war ihm nicht möglich seine Erregung zu verbergen. Wie konnte sie nur so eine Frage stellen? Sie wusste doch, dass er den Streuner nicht ausstehen konnte.

„Wir sollen den Grauen fragen? Diesen heimatlosen, flohverseuchten Kater, der dich hilflos im Wald zu-

rückgelassen hat?", prasselte es aus Kimba heraus. Filou saß vor ihm, ihre imposante Größe zur Schau stellend, den Schwanz adrett um die Vorderpfoten gelegt. Er hasste das, denn jedes Mal, wenn sie so nah bei ihm hockte, war es ersichtlich, dass sie ihn an Körpergröße überragte.
„Er wollte doch nur sein Revier abgehen. Wer weiß, vielleicht ist er dabei zufällig auf die Zweibeiner gestoßen und kann uns bei der Suche helfen."
„Hm", murmelte Kimba und bemühte sich, sich nicht weiter mit dem Größenunterschied zu beschäftigen.
Zugegeben: Dieser Gedanke, dass der Graue etwas gesehen hatte war nicht von der Pfote zu weisen. Außerdem lebte er mehr oder minder in den Wäldern und eine gewisse Ortskenntnis wäre sicherlich kein Nachteil. Unter diesen Gesichtspunkten würde es durchaus nicht schaden, ein Katergespräch mit diesem Vagabunden zu führen. Er musste nur aufpassen, dass er einen gewissen Abstand zu diesem dürren Gerippe einhielt. Weniger aus Angst vor einer Auseinandersetzung, als vor einer Ansteckung mit lästigen Mitbewohnern. Denn der Dürre vernachlässigte seine Fellpflege. Schon der bloße Gedanke daran löste bei Kimba einen Juckreiz aus.

Eine Bedrohung

„Das ist einfach furchtbar! Und das bei uns auf dem Land. Wer macht denn so etwas Schreckliches?"
Es lag irgendetwas in der Luft. Eine Anspannung, eine Bedrohung, die die Zweibeiner beschäftigte. Doch trotz seiner vielen Lebensjahre konnte Kimba nicht erkennen, um was es sich handelte. Abgesehen davon hatte er andere Sorgen. Nachdem er eingewilligt hatte, diesen Stromer aufzusuchen, war er natürlich sofort zur Tat geschritten. Nach einem kurzen Wortwechsel nach Katzenart hatte der Abgemagerte sich förmlich aufgedrängt sie zu begleiten.
„Ich kenne jedes Mauseloch im Wald", hatte er geprahlt. Im Nachhinein konnte Kimba nicht mehr genau sagen, warum er dem Grauen erlaubt hatte, mitzukommen. War es der Aussicht auf viele Mäuse, oder doch eher Filous Überredungskünsten zu verdanken? Vielleicht war es auch ein fataler Mix aus beidem. Wie auch immer: Kimba bedauerte mittlerweile seinen Entschluss. Nicht nur weil der Graue sich mehr und mehr als Anführer und Planer in den Vordergrund rückte, sondern auch weil er bei jedem Treffen sagte, sie könnten erst starten, wenn er die ganze Angelegenheit gut durchdacht hätte. Gegen diese Einstellung, die er dem Heimatlosen überhaupt nicht zugetraut hatte, war im Grunde nichts Negatives zu sagen. Was ihn störte, war die Tatsache, dass dieser flohverseuchte Geschichtenerzähler ihre sogenannten Vorbereitungs-Zusammenkünfte nutzte, um der Bunten fellsträubende Geschichten aufzutischen.

In ihrer jugendlichen Naivität überhörte sie die kleinen Unstimmigkeiten, die ihm natürlich sofort auffielen. In Filous Augen war der abgemagerte Graue das perfekte Oberhaupt. Kimba benötigte seinen kompletten Vorrat an kätzischer Gelassenheit (eine Eigenschaft, die ohnehin bei ihm nicht sehr ausgeprägt war), um diesen Möchtegern-Anführer und Lügner nicht in seine Schranken zu weisen.

„Wenn er dir von zwanzig gefangenen riesigen Mäusen berichtet, kannst du achtzehn davon abziehen und von der verbleibenden Beute das „riesig" wegnehmen, dann kommst du der angeblichen Wahrheit näher", hatte ihm Gretzky vor kurzem mitgeteilt. Sie wohnte ein paar Straßen entfernt und ließ sich selten in seinem Revier blicken. Aber wenn sie sich bei diesen Gelegenheiten begegneten, wusste er ein nettes Pläuschchen mit ihr zu schätzen. Ein Gespräch mit ihr war unkompliziert. Man musste keine Zeit verschwenden, um auf irgendwelche Territoriums-Ansprüche hinzuweisen. Alles war klar geregelt. Man wechselte ein paar Blicke, begrüßte sich dann nach Katzenart, tauschte Informationen aus und dann trennten sich ihre Wege wieder. Wenn es doch auch mit diesem grauen Vagabunden so einfach wäre.

„Ich bin mal gespannt, wann wir endlich aufbrechen", sagte Kimba.

„Der Graue sagt, man sollte niemals überstürzt handeln. Sonst passiert nachher etwas Schlimmes", antwortete Filou, bevor sie losrannte, in geschickter Manier einen Baumstamm erklomm, dort eine Weile verharrte, bis sie den Aussichtsplatz wieder verließ.

Wieder auf dem Boden angekommen, trottete sie in seine Richtung und setzte sich vor ihn, den buschigen Schwanz elegant um ihre Vorderpfoten drapiert.
„Das tat gut", sagte sie.
Die Art und Weise überschüssige Energie abzubauen war ihm vertraut, doch hatte er selbst in seinen jungen Jahren nie den Drang verspürt, Baumstämme hochzurennen. Man durfte eins nie vergessen: Die Holzdinger zu erklimmen war einfach, der Rückweg konnte allerdings einige Zeit in Anspruch nehmen. Bereits viele Katzen hatten ihr Können überschätzt und es war mehr als beschämend, wenn die Zweibeiner einen mit speziell dazu ausgerüsteten Blechfahrzeugen retten mussten. Solche peinlichen Geschichten wurden von Katzenmaul zu Katzenmaul weitergetragen, breiteten sich aus wie diese lästigen Plagegeister, die es sich schon mal im Fell gemütlich machten. Nein, er wollte lieber festen Boden unter den Pfotenballen behalten.
„Wir treffen uns heute, wenn die Sonne zur Ruhe gegangen ist", flüsterte eine Stimme hinter ihm. Als Kimba sich umdrehte, sah er nur noch den grauschwarz getigerten Schwanz, bevor auch dieser im Dickicht der Büsche verschwand.

Es waren zu viele

*„**K**IMBA! FILOU!"*
Die Rufe hallten durch die Dämmerung, begleitet von seiner Lieblingsmelodie - dem Schütteln von seinem Lieblingsfutter.
„FILOU!" „KIMBA!"
Das Klappern, das die Schreie untermalte, ließ Kimbas Magen rumoren. Er war sich vollkommen sicher, dass die Menschen bereit wären Köstlichkeiten anzubieten, wenn sie nun umkehren würden. Für einen mäusekleinen Moment geriet er in Versuchung, das soeben begonnene Abenteuer abzubrechen und in die schützenden Wände des Zweibeinernestes zurückzukehren. Leider bot das verhältnismäßig warme Wetter keinen Grund, die beiden anderen zu überreden, die Mission zu beenden. Bilder von Sunny und dem langen Hund Zippu, der immer noch nicht zu seiner alten garstigen Form zurückgefunden hatte (obwohl das natürlich kein Grund zum Trauern war), geisterten durch seinen Katzenschädel. Ebenso: Es waren zu viele. Dieser eine Satz, den Zippu immer noch rezitierte, wenn ihn jemand auf das Geschehen ansprach. Dann war da noch die Sache mit den Wildschweinen. Kimba hoffte, dass die Information von dem Grauen, dass diese nicht klettern können, stimmte. Wie auch immer, er fühlte sich nicht wohl. Jedes Härchen seines Fells schien in Alarmbereitschaft. Sein Körper juckte, als würde er von unzähligen Krabbeldingern angegriffen werden. Kimba schüttelte sich.

Schon nach kurzer Zeit verließen sie die vertraute Umgebung. Die Mäusewiese lag etliche Sprünge hinter ihnen. Unzählige neue Gerüche strömten auf sie ein. Es war nie gut in das Territorium eines Fremden einzudringen. Den Grauen schien das nicht zu stören. Ohne auch nur ein einziges Mal die Geschwindigkeit zu verlangsamen, führte er die Dreiergruppe an.

„Wie gut du dich auskennst", schwärmte Filou, „als wäre die ganze Gegend dein Zuhause."

„Das ist mein Zuhause. Ich bin schließlich ein freier Kater."

„Toll", hauchte Filou.

Was für ein Mäusedung, dachte Kimba. Es fiel ihm sehr schwer, keinen bissigen Kommentar zu diesem Dialog abzugeben. ‚FREI', bedeutete: Kein warmes Zweibeinernest, keinen gefüllten Napf, keine Menschen-Pfoten, die einen liebkosten. (Die allerdings ab und zu zum falschen Zeitpunkt streichelten).

„STOPP!"

Filou hielt so abrupt an, dass Kimba es nur mit Mühe und Not schaffte, rechtzeitig zu bremsen, um sie nicht umzurennen.

„Was ist los?", fragte er unwirsch. Bestimmt wollte der abgemagerte Graue durch diese Aktion seine Wichtigkeit erhöhen. Ärgerlich war, dass Filou seinen Anweisungen Folge leistete, ohne sie zu hinterfragen. Dies war alles andere als typisch für das Riesenfellknäuel. Während der Graue die Nase in den Wind hielt, als habe er etwas Gefährliches gerochen und keine Antwort auf seine Frage geben konnte oder wollte, schaute sich Kimba interessiert um. Die spezielle Straße für die Blechfahrzeuge der Menschen verlief parallel. Doch bis jetzt hatte noch kein dröhnendes Ungeheuer ihren Weg gekreuzt. Ihr Pfad führte am Rand des Feldes entlang. Die Pflanzen waren riesig und wirkten eher wie Bäume. Der ideale Schutz, um unsichtbar zu bleiben, falls es die Situation erfordern würde. Auf der anderen Seite stand ein Zweibeinernest. Eines davon schien aus Bäumen gebaut worden zu sein, während das andere ein Steinnest zu sein schien. Bis zu diesem Ort hatten ihn seine Erkundungsgänge noch nie geführt. Alles wirkte so fremd, allerdings trotz allem nicht bedrohlich. Wie aus dem Nichts stand sie plötzlich vor ihnen.

Keine Schuld

"**U**mzingelt", murmelte Zippu und hielt seinen Kopf gesenkt. So tief, dass seine Ohren den Boden berührten.
"Einfach viel zu viele."
Vor einiger Zeit hatte er sich mal wieder unbemerkt aus seinem Zweibeiner-Zuhause geschlichen, um seiner Freundin Sunny einen Besuch abzustatten. Diese verbrachte die Tage in ihrem Körbchen und winselte vor sich hin. Zippu konnte nicht mit Gewissheit sagen, ob sie nicht in der Lage war mit ihm zu sprechen, oder ob sie seine Anwesenheit schlichtweg ignorierte. Aber er trug doch keine Schuld an dem was geschehen war. Es waren einfach zu viele gewesen. Wäre er mit seinen Hundefreunden unterwegs gewesen, gefolgt von ihren Zweibeinern mit den todbringenden Stöcken ... Ja dann ...
"Regel Nummer eins: Begib dich niemals mit Ungelernten auf die Jagd", murmelte er vor sich hin und blickte auf die Wolken, die das helle Sonnenlicht verdeckten. Seine Gedanken gingen auf Reisen, weit zurück in die Vergangenheit. Was hatte er nicht alles für Prüfungen absolvieren müssen, um den Titel "Jagdhund" führen zu dürfen. Sein Herrchen war richtig stolz auf ihn gewesen, als er alle Tests mit Bravour gemeistert hatte. Ganz abgesehen davon, dass er sich den Respekt der Hundemeute verdient hatte. Sie betrachteten ihn als ihren Leithund, der aus allen brenzligen Situationen einen Ausweg wusste. Niemals durften seine Jagdhundefreunde von seinem

letzten Abenteuer erfahren. Obwohl diese schmähliche Niederlage natürlich nicht auf ein Fehlverhalten von ihm zurückzuführen war. Nein, nein, nein - es waren einfach zu viele von denen da draußen gewesen.

Die Hofkatze

„Wo wollt ihr denn hin?"
Der Anblick, der sich ihnen bot, war alles andere als bedrohlich. Die Katze hatte die gleiche Fellfarbe wie der Graue, doch dies war auch schon die einzige Ähnlichkeit. Im Gegensatz zu dem dürren Gerippe wirkte sie wohlgenährt. Eher als wenn sie ein paar Beutetiere zu viel verspeist hätte.
„Hallo", sagte Filou, „wer bist du denn?"
„Keine unnötige Konversation! Wir haben keine Zeit!", keifte der Graue. Kimba wunderte sich nicht im Geringsten über den schroffen Ton dieses Gerippes einer Katzendame gegenüber. Er hatte aufgehört zu zählen, wie oft er schon erwähnt hatte, dass die guten Manieren diesem flohverseuchten Vagabunden anscheinend abhanden gekommen waren. Vielleicht hatte er auch nie welche besessen. Offensichtlich der Grund, weshalb er niemals ein Zweibeinerhaus gefunden hatte.
„Sonst hast du doch auch immer Zeit für ein Pläuschchen. Letztes Mal, als ich dir von dem Versammlungsort und dem Turmberg erzählt habe, konntest du gar nicht genug hören. Aber jetzt, wo du deine Freunde mit dabei hast, da willst du mich loswerden."
Kimba fühlte ein Gefühl in sich aufsteigen, als hätte er soeben die mit Abstand größte Maus mit einem einzigen Prankenhieb erbeutet. Diese gepflegte Katzendame war ihm mehr als sympathisch, hatte sie doch den Struppigen als Angeber und Scharlatan enttarnt. Er hatte es schon immer gewusst, dass die

meisten seiner Geschichten nur seiner Fantasie entstammten. Hoffentlich hatte auch Filou das gehört. Kimba blickte sich um, doch anstatt in das erstaunte Gesicht seiner Katzengefährtin zu schauen war dort nichts außer Landschaft zu sehen. Wo zum Mäusedung trieb sie sich rum? Hätte sie nicht wenigstens so lange verweilen können, bis die graue Katze ihr die Antwort auf ihre Frage, wer sie denn sei, gegeben hatte? Das war mal wieder typisch! Diese jungen Dinger hatten einfach keine Geduld mehr. Erstaunlich, dass sie überhaupt in der Lage waren Mäuse zu fangen. Plötzlich tauchte sie an seiner Seite auf. Ihre Pupillen schienen riesig, ihre Ohren zuckten nervös hin- und her.

„Ich habe ein Riesenfedertier gesehen", sagte sie, „es kommt direkt auf uns zu."

„Ein was?", stammelte Kimba. Die Frage, ob sie denn auch gehört hatte, dass der flohverseuchte Rumtreiber niemals bei dem Turmberg gewesen war, rückte in den Hintergrund. Verlor an Bedeutung, wie ein Beutetier, das erfolgreich die Flucht eingeschlagen hatte. Filou wich zur Seite und gab damit den Blick auf ein gigantisches Federtier frei. Diese eigenartige Spezies hatte einen Riesenhals, als ob jemand daran gezogen hätte. Es näherte sich vom Boden aus, in dem es in einem sonderbaren, schwankenden Gang auf sie zukam. Bei dieser Größe konnte es unmöglich fliegen, oder?

„Müssen wir uns nicht verstecken?", fragte Filou den Grauen und legte sich flach auf den Boden, die Ohren an den Kopf gepresst.

„Keine Angst. Das ist nur eine Gans. Die ist harmlos", antwortete der Graue und leckte Filou über den Kopf. „Was du alles weißt", schnurrte Filou, richtete sich wieder auf, während sie argwöhnisch das Geschöpf betrachtete. Das tolle Gefühl, das eben noch von Kimba Besitz ergriffen hatte, verpuffte. Nicht nur, dass die Bunte das aufschlussreiche Gespräch von vorhin offensichtlich nicht mitbekommen hatte. Nein, zu allem Überfluss hatte sie wieder etwas gefunden, um das graue Gerippe zu umschwärmen.

„Was können diese Gänse denn Besonderes?", warf Kimba ein, einfach um die Aufmerksamkeit auf sich zu ziehen.

„Ich bin mir nicht sicher", antwortete der Graue. Na bitte, dachte Kimba. Er hat keine Ahnung. Das entschädigte zumindest ein wenig für die vertane Chance ihn als Lügner zu entlarven. Es war aber auch wirklich zum Baumrinde kratzen, dass Filou die Bemerkung der Katzendame verpasst hatte.

„Ich glaube, manche Zweibeiner essen Gänse", flüsterte die Hofkatze, „aber wir sollten nicht laut in ihrer Anwesenheit darüber sprechen."

Kimba betrachtete das weiße Etwas, das allem Anschein nach das Interesse an ihnen verloren zu haben schien. Es war bereits auf dem Weg zurück zum großen Zweibeinernest. Er hatte noch nie solch einen großen Haufen Fleisch bei seinen Menschen gesehen, aber es war nicht auszuschließen, dass sie diese Mengen verspeisen würden, wenn sie zu mehreren zusammen kamen. Abgesehen davon aßen sie komische Dinge wie diese Bälle von Bäumen, warum nicht

auch Gänse mit langen Hälsen? Er persönlich war kein Freund von Federtieren, zumindest nicht, was seinen Speiseplan anbelangte. Kimba betrachtete die gesprächige, graue Katze eingehend. Konnte sie ihnen bei ihrer Suche weiterhelfen? Eventuell hatte sie die Zweibeiner gesehen, hinter denen sie her waren. Doch noch bevor er seine Frage in Worte fassen konnte, kam ihm der graue Flohtransporter zuvor.
„Vielleicht kannst du uns helfen. Hast du in letzter Zeit eigenartige Zweibeiner beobachtet, die mit einem riesigen Köter Richtung Wald gegangen sind?"
Kimba schluckte. Es wäre mehr als unpassend, jetzt zu erwähnen, dass der Hund seiner Fantasie entsprungen war. Nein, dieser Zeitpunkt wäre mehr als ungeeignet, diese mäusekleine Änderung seiner Geschichte zuzugeben.
„Das ist eine gute Frage", schnurrte Filou und rieb ihr Köpfchen an der Flanke des Grauen. Kimbas Kehle entwich ein kurzer, knurrender Laut. In Gedanken massakrierte er die Rinde des Baumes. Irgendwann würde auch die Bunte begreifen, was für ein Scharlatan und Geschichtenerzähler dieser graue Heimatlose war. Es war natürlich etwas vollkommen anderes, mal ein kleines Detail hinzuzufügen, als sich immer mit erfundenen Heldentaten zu rühmen.
„Dieser Pfad wird von vielen Zweibeinern benutzt. Wenn du mir nicht noch mehr Einzelheiten nennen kannst, dann ...", erklärte in diesem Moment die Hofkatze. Kimba betrachtete den Weg, der mit dem typischen Belag bedeckt war, den anscheinend diese Blechfahrzeuge bevorzugten. Allerdings war keines zu

hören oder zu sehen. Doch vielleicht lag dieses an der Tageszeit. Seit ihrem Aufbruch war es noch dunkler geworden. Der Wunsch zurückzukehren verstärkte sich. Alles um ihn herum schien so fremd, wenn die runde Mondscheibe am Horizont für einen Augenblick die Umgebung beleuchtete. Als er den Kopf ein wenig in die Höhe reckte, konnte er schemenhaft die Umrisse von Bäumen erkennen.

„Lasst uns weitergehen!", kommandierte der Graue und setzte sich in Bewegung. Er schaute sich nicht um oder fragte, ob jeder mit seiner Entscheidung einverstanden war. Er ging einfach seines Weges. Filou folgte dicht an seiner Seite und murmelte: „Ich bin so aufgeregt."

Bevor Kimba sich den beiden anschloss, wandte er sich noch einmal um, um sich bei der Hofkatze für das aufschlussreiche Gespräch zu bedanken. Doch diese war nirgendwo mehr zu sehen.

Gefahr!

Die Pfotenballen schmerzten. Schwer zu sagen, ob dies am Untergrund lag oder an der Tatsache, dass sie nun schon eine gewisse Entfernung zurückgelegt hatten. Das riesige Zweibeinernest war schon lange nicht mehr zu sehen. Um sie herum standen Bäume - nichts als Bäume. So dicht, dass nur wenig Nachtlicht den Boden erhellte. Doch obwohl sich der Tag schlafen gelegt hatte, herrschte reges Treiben. Kimba hatte noch nie so viele Mäuse umherrennen sehen, die sorglos über den Boden huschten. Unglaublich! Wer war denn in diesem Territorium zuständig, dass sich solch eine Überbevölkerung ausbreiten konnte? Kimba beobachtete ein besonders großes Exemplar, bis es in einem Mauseloch verschwunden war. Obwohl sie vor nicht allzu langer Zeit eine kleine Essenspause eingelegt hatten, fühlte Kimba sich schlapp. Hatte er überhaupt schon einmal solch eine lange Strecke zurückgelegt? Das Schlimmste war, je weiter sie sich entfernten, desto länger würde der Rückweg dauern. Eines war sicher. Sie mussten schnell zurückkehren. Unbedingt! Ihre Menschen würden sich sonst große Sorgen machen. Abgesehen davon hätte er auch nichts gegen eine weiche Liegestätte einzuwenden, auf der man ruhen konnte, ohne einen Gedanken an etwaige Angreifer zu verschwenden. Wie diese Wildschweine, Hexen oder anderen Kreaturen, die dieses Gebiet für sich beanspruchten. Anscheinend ernähren sie sich nicht von Mäusen, dachte Kimba, während alle seine Sinne auf Alarmbereitschaft standen.

Filou tänzelte leichtfüßig und wie es schien vollkommen unbekümmert neben ihm her. Sie schien voll und ganz diesem Geschichtenerzähler zu vertrauen, der in einer Angeberpose vor ihnen her marschierte. Pah, wahrscheinlich war dieses flohverseuchte Katzentier noch nie in dieser Gegend gewesen. Blöder Wichtigtuer. Bei passender Gelegenheit würde er ihr erzählen was dieser Flohhaufen in Wirklichkeit war, nämlich ...

„Aufpassen! Gefahr!"

Die Schreie rissen Kimba aus seinen Gedanken.

„Wie? Was? Gefahr? Welche Gefahr?", stammelte er und blickte den Grauen fragend an. Doch genau in diesem Moment sah er das Unheil auf sie zukommen.

Die Begegnung

Kleine schwarze Augen musterten sie interessiert.
„Ist das ein wildes Schwein?", fragte Filou. Sie waren auf den Ast eines Baumes geflüchtet und hockten auf diesem wie eine Gruppe von Federtieren. Kimba betrachtete das Wesen, das den Blick erwiderte und seine längliche Schnauze nach oben reckte. Das Ungetüm war imposant in seiner Erscheinung. Ungefähr die Größe von Sunny - aber viel bulliger. Das Auffälligste war das schwarz-weiße Gesicht. Erneut streckte der Koloss seine rüsselartige Nase in die Höhe, bevor er sich auf einmal abwandte und in der Dunkelheit des Waldes verschwand. Schon bald war er nicht mehr zu sehen, wie eine Maus, die in ihr Loch entwischt.
„Das wilde Schwein ist weg", stellte Filou fest und gab ihre Kauerstellung auf.
„Das war nur ein Dachs. Keine Gefahr", warf der Graue ein. Kimba wollte gerade fragen, warum er dann mit ihnen auf diesen Baum geflüchtet war, wenn dieses Wesen doch vollkommen harmlos sei, als bedrohliche Geräusche erklangen. Ein leichtes Knacken, ähnlich dem Klang, wenn viele Trockenfutterstücke auf einmal in eine Schüssel gefüllt wurden. Doch da war noch etwas. Dieser Ton, wenn man die von Zweibeinern zugeworfenen Papierbälle mit seinen sichelartigen Krallen in Stücke riss. Im Bruchteil einer Sekunde kombinierte Kimba die „Zeichen" und erkannte die Gefahr.

„Wir müssen runter! Der Ast bricht ab!", befahl er und wandte sich Richtung Stamm um. Filou, die als letzte ihr Versteck erreicht hatte, war bereits dabei sich am Baumstamm herunterzuhangeln. Mit ausgefahrenen Krallen, die sich in die Rinde bohrten, kletterte sie Stück für Stück dem rettenden Boden entgegen. Genau in dem Moment als Kimba nur noch eine Mäuseschwanzlänge vom Stamm entfernt war, passierte es. Ein letztes Krachen, wie der finale Aufschrei eines verendeten Tieres, bevor der Ast in die Tiefe stürzte und ihn und den Grauen mit sich riss.

Zweibeiner

„Das war deine Schuld. Du bist zu schwer!", tadelte der Graue. Kimba ignorierte die Bemerkung und leckte stattdessen noch einmal über seine Vorderpfote. Es war kein Problem gewesen unbeschadet den Erdboden zu erreichen. Eine Kleinigkeit für eine Katze. Doch an wem oder was es gelegen hatte, dass der Ast ihr Gewicht nicht länger hatte tragen können, wollte er nicht weiter erörtern.

„Das lag wohl eher daran, dass wir alle dort gesessen haben", lenkte Filou beschwichtigend ein, die als einzige den „Baumstammabstieg" hatte wählen können.

„Genau", bestätigte Kimba und unterbrach seinen Putzprozess für einen Moment. Wie bereits erwähnt, ein gepflegtes Aussehen hatte stets höchste Priorität. Außerdem half das Putzritual in den meisten Fällen, unangenehme Feststellungen nicht weiter kommentieren zu müssen. Nun, er konnte es nicht leugnen, dass er im Gegensatz zu den beiden etwas mehr Gewicht vorzuweisen hatte. Natürlich nur unwesentlich. Schuld daran waren diese leckeren Fleischbröckchen, die in seine Futterschüssel gefüllt wurden. Die konnte man doch nicht schlecht werden lassen, oder? Der Gedanke an einen vollen Napf verstärkte sein Hungergefühl. Zwar schien der Waldboden übersät von Beutetieren, die nur darauf warteten, erlegt zu werden, aber er fühlte sich außerstande seine Pfoten zu heben, um auf die Jagd zu gehen. Vielleicht war es an der Zeit das Abenteuer zu beenden. Immerhin hatten sie schon vieles erlebt. Sie hatten Bekanntschaft mit einer Hofkatze gemacht, eine sogenannte Gans und einen Dachs getroffen und viele Pfotenlängen zurückgelegt, um dieses Territorium zu erkunden. Wie lange waren sie schon unterwegs? Ihre Zweibeiner würden sich Sorgen machen, dessen war Kimba sich sicher. Noch immer klangen ihm ihre Rufe in den Ohren: *„KIMBA!" „FILOU!"* Mit der Erinnerung an ihre Zweibeiner kehrte auch der Wunsch zurück, sich an einem warmen und weichen Ort hinzulegen und sich mit Leckereien verwöhnen zu lassen. Kimba seufzte und betrachtete die Bunte, bevor sein Blick den Grauen streifte.

„Was mache ich hier eigentlich noch?", murmelte er nachdenklich. Hatte er nicht bereits bewiesen, dass er kein langweiliger, alter Kater war? Jawohl! Er sollte zurückkehren! Er würde jetzt sofort aufbrechen! Selbst wenn die Bunte ihn weiterhin mit diesen unverschämten Ausdrücken: alt, langweilig titulieren sollte, er würde nicht von seinem Standpunkt abweichen. Sollte sie es ruhig wagen, die Gesellschaft dieses flohverseuchten Heimatlosen der seinen vorzuziehen. Dann wäre endlich mal die Gelegenheit, die Geschichte der Hofkatze zu erzählen, die den grauen Vagabunden als Scharlatan entlarven konnte. Vielleicht sollte er auch noch mal daran erinnern, was damals im Wald geschehen war, als der Graue sie einfach im Stich gelassen hatte. Dieser ungehobelte Kater. Nein, sein Entschluss stand fest. Er würde zurückkehren. Die Chance, diese gefährlichen Zweibeiner aufzuspüren, war von Anfang an sehr gering ge-

wesen. Geringer als eins von diesen braunen, mausähnlichen Wesen mit dem buschigen Schwanz zu erwischen, die jedes Mal in die Höhen der Bäume entschwanden. Wer konnte wissen, ob sie überhaupt der richtigen Fährte gefolgt waren? Sie hatten sich auf die Aussage der Hunde verlassen. Die beiden waren weder erfahren in solchen Dingen, noch in der Lage gewesen, irgendwelche Beweise mitzubringen.
„Wir sollten nach Hause gehen."
„Wie? Was?" Kimba fixierte Filou mit seinen gelben Augen. Hatte sie gerade verkündet, dass sie zurückkehren wollte? Das unbeschreiblich schöne Gefühl, das sich in seinem Katzenkörper ausbreitete, war fast vergleichbar mit dem tollen Moment, wenn der Napf mehrere Tage hintereinander mit besonderen Köstlichkeiten gefüllt wurde. Das passierte immer dann, wenn es draußen lange kein Katzenwetter mehr gegeben hatte und die Zweibeiner sogar Bäume ins Nest holten. An deren Zweige hängten sie glitzernde Sachen, die wunderschön hin- und herschwankten, wenn man sie mit der Pfote berührte.
„Ich sagte, dass wir nach Hause gehen sollten. Schluss mit Abenteuer! Mir reicht es!", sagte Filou. „Falls du allerdings noch weiter in diese Wildnis vordringen willst, dann bitte. Ich halte dich nicht auf. Ich finde den Heimweg auch allein."
„Ich komme natürlich mit. Das ist doch eine Selbstverständlichkeit", antwortete Kimba und hoffte, dass seine schnelle Äußerung nicht verdächtig erscheinen würde.
„MIST! Verdammter! Bescheuerter Wald!"

Alle drei zuckten zusammen, als menschliche Stimmen sich in die Geräusche der Nacht mischten.

Gretzky

Gretzky konnte nicht schlafen. Es waren zu viele - dieser Satz geisterte durch ihren Katzenschädel und ließ sie nicht zur Ruhe kommen. Sie war während ihres Streifzuges auf den langen Hund gestoßen, oder besser gesagt, sie hatte ihn von einem erhöhten Sitzplatz aus beobachtet. Ab und zu war es ein heiteres Spiel, diesen kurzbeinigen Köter anzustarren und regungslos an Ort und Stelle zu verharren. Natürlich musste man eine Position wählen, die der Hund nicht erreichen konnte. Leider hatte das „Spiel" heute keinen Spaß gemacht, da der lange Hund sie überhaupt nicht beachtet hatte. Blöder Hund! Alles in allem war es ein recht unbefriedigender Streifzug gewesen. Zu allem Überfluss hatte es auch noch Verzögerungen gegeben, als sie endlich wieder ins Haus zurück wollte. Das hatte daran gelegen, dass ihre Zweibeiner noch unterwegs waren. Wie bereits erwähnt, es war ein Katzentag, der nicht in die Kategorie: gelungen einzusortieren war.
Insbesondere als sie erfahren hatte, dass der Schwarze sich entgegen ihrem Ratschlag mit diesem Nichtsnutz von Streuner eingelassen hatte, der sie dann in den Wald begleitet hatte. Was würden sie dort erleben? Ihre Pfoten zuckten vor Aufregung. Am liebsten hätte sie sich jetzt mauzend vor die Tür gesetzt, um ihren Zweibeinern verständlich zu machen, dass sie jetzt wieder raus wollte. Sie hatte Lust auf ein Abenteuer. Doch dummerweise hatte dieses bereits ohne sie begonnen. Selbst wenn sie sich sofort auf die Pfo-

ten machen würde, gäbe es keine Garantie, dass sie die anderen finden würde. Sie gähnte und entblößte für einen kurzen Moment ihr Raubtiergebiss. Nein, sie sollte die Aktivität nicht übertreiben. Wem würde es nützen? Daher entschied sie sich für eine Pause auf einer kuscheligen Unterlage. „Es waren zu viele", murmelte sie, bevor sie in einen unruhigen Schlaf fiel.

Gefunden

"Willst du noch lauter schreien, du Blödmann? Mensch, was seid ihr nur für ein unfähiger Haufen. Erst gefährdet ihr den Auftrag, weil ihr Trottel meint, euch den Abend mit einem Einbruch versüßen zu müssen. Zu allem Überfluss verliert ihr Deppen dann auch noch den Schlüssel für die Hütte, wo wir untertauchen wollen. Ihr seid wirklich hirnlose Idioten. Zum Glück müssen wir nur noch ein paar Tage hier ausharren."

Kimba, Filou und der Graue hatten Zuflucht hinter einem dichten Gewirr von Büschen gefunden. Von dort konnten sie schemenhaft die beiden Menschen beobachten die, der Tonlage nach zu urteilen, kein allzu freundschaftliches Gespräch führten. Immer leiser und leiser wurde die Unterhaltung, als die Zweibeiner sich schließlich entfernten. Schon bald war es nicht mehr als ein Geräusch von vielen. Ein leichter Windzug raschelte in den Zweigen. Nachtaktive Tiere huschten durch das Unterholz auf der Suche nach Nahrung. Unbeirrt von den Geschehnissen um sie herum, hockten die drei noch immer am selben Platz.

„Wir haben sie gefunden. Lasst uns ihnen folgen!", kommandierte der Graue und verließ die Deckung, die ihnen das Gestrüpp von Ästen geboten hatte, die im schummrigen Licht wie die Knochen eines riesigen Tieres wirkten.

„Gute Idee", sagte Filou.

Kimba spitzte seine Ohren. Er musste sich verhört haben. Hatte Filou, die gerade noch verkündet hatte, dass sie zurückkehren wollte, dem Grauen zugestimmt, diesen Zweibeinern zu folgen? Nein! Das konnte und wollte er nicht glauben.

„Wieso ist das eine gute Idee?", fragte er und betrachtete die Bunte, die sich ebenfalls aus dem Dickicht der Büsche befreit hatte. „Wolltest du nicht nach Hause?"

„Ja, aber jetzt sind wir doch fast am Ziel. Außerdem möchte ich nicht, dass du meinetwegen dieses Abenteuer verpasst."

Kimba schluckte, als versuchte er sich eines sperrigen Beutetiers zu entledigen, das quer im Hals lag. Seine Hoffnung schnell nach Hause zu gelangen verschwand wie eine flinke Maus in ihrem Loch. Er konnte doch unmöglich zugeben, dass er viel lieber den Rückweg angetreten hätte als weiter diesen Zweibeinern hinterherzurennen. Seine Pfoten schmerzten, der Magen knurrte und die anfängliche Begeisterung war schon lange verebbt.

„Du hast recht. Wir sollten weitergehen", sagte er und versuchte seine Worte überzeugend zu präsentieren. Offensichtlich mit Erfolg, denn der Graue musterte Kimba und sagte: „Gut, dann sind wir uns also einig. Los geht es!"

Gemeinsam machte sich das Katzentrio auf den Weg.

Der Vorschlag

Das Zweibeinernest lag mitten im Wald. Auf einer Seite des kleinen Menschenbaus plätscherte Wasser, das sich seinen Pfad durch den Wald bahnte. Kimba betrachtete jedes Detail der Umgebung. Wie gern hätte er seine Pfoten in das kühle Nass gesteckt. Ob sich auch Flutschdinger in dem Wasser befanden? Leider war nicht der richtige Zeitpunkt dieses herauszufinden. Nach näherer Betrachtung musste er allerdings zugeben, dass dieser Ort sich für einen unterhaltsamen, abwechslungsreichen Streifzug anbot. Doch sie waren schließlich nicht zum Spaß hier. Abgesehen davon war da dieses Gefühl, das ihm mitteilte, dass die Idylle trog.

„Ob das die Zweibeiner sind, die wir suchen? Einen Hund sehe und rieche ich allerdings nicht", flüsterte Filou, während ihre Schnurrbarthaare vor Aufregung vibrierten.

„Hm", antwortete Kimba. Was gab es auch mehr zu sagen? Keine Ahnung, ob es sich um die Gesuchten handelte und falls ja, was sollten sie dann unternehmen? Die Sache mit dem Hund wollte er lieber nicht kommentieren, bevor aufflog, dass er seine Beobachtungen ein wenig ausgeschmückt hatte, um sie noch interessanter zu gestalten. Aber wie auch immer, wäre es nicht vernünftiger jetzt zurückzukehren? Immerhin hatte er nach langem Hin und Her letztendlich doch noch zu seinen Prinzipien zurückgefunden: Niemals aufzugeben, bevor man das Ziel erreicht hat und das, obwohl er sich nach einer anständigen

Mahlzeit sehnte und die Pfotenballen schmerzten. Sie hatten etwas vollbracht, das selbst den beiden Hunden nicht gelungen war. Ihre Mission war erfüllt. Sie könnten erhobenen Hauptes den Heimweg antreten. Kimba konnte es kaum erwarten, dem langen Hund ihr Abenteuer im Detail zu schildern.
„Wir könnten uns in dem kleinen Zweibeinernest umsehen", warf in diesem Moment der Graue ein.
Dieser Vorschlag erschien mehr als riskant und Kimba bezweifelte, dass der Graue wirklich den Mut besaß, solch ein Vorhaben in die Tat umzusetzen. Wahrscheinlich erwartete er, dass sich jemand freiwillig meldete. Eine vertrackte Situation. Er verspürte kein Interesse daran, sich diesen Menschen zu nähern. Doch ein Geständnis könnte als Feigheit angesehen werden. Was also tun?
„Oh ja, ich könnte das übernehmen!"
Kimba hoffte sehr, dass er sich verhört hatte. Er musterte seine Mitbewohnerin eingehend. Hatte sie wirklich angeboten, sich an diesen Zweibeinerbau heranzuschleichen? Es bedurfte keiner Worte, allein Filous Körperhaltung reichte aus, um seine Befürchtungen zu bestätigen.
„Aber", warf er stammelnd ein und wünschte sich dieses tolle Gefühl zurück, als die Bunte ihm verkündet hatte, sie wolle zurückkehren. Zum Mäusedung! Wie hatte sich die Situation so rasend schnell in die falsche Richtung entwickeln können? Filous Ohren zuckten und ihre Schwanzspitze zitterte. Sie schien es nicht abwarten zu können, die Behausung einer näheren Inspektion zu unterziehen. Kimba starrte sie

an. Hoffend, dass ihm noch die richtigen Sätze einfallen würden, um sie von diesem gewagten Ausflug abzuhalten. Obwohl er insgeheim wusste, dass es viel leichter sein würde ein Flutschding aus einem Wasserloch zu ziehen, als dieses junge, bunte Katzentier umzustimmen.
„Du solltest nicht gehen. Das ist viel zu gefährlich."
„Ach was", erwiderte Filou. „Was soll schon passieren? Ich habe keine Angst vor Zweibeinern. Ganz im Gegenteil, ich verstehe mich immer gut mit ihnen."
Kimba musste neidlos anerkennen, dass Filou, was diese Behauptung anbelangte, Recht hatte. Ihr farbiges, flauschiges Fell und ihr Blick aus diesen Augen verführten stets alle Menschen dazu, sie anzufassen oder irgendwelche Konversation betreiben zu wollen.
„Hallo meine Schöne. Komm doch mal her."
„Du bist aber eine Feine."
Er hatte zwar keine Ahnung, was diese Sätze im einzelnen bedeuteten, doch schienen die Zweibeiner auf ihre Art ausdrücken zu wollen, dass sie näheren Kontakt mit seiner Mitbewohnerin wünschten. Allerdings kam diese den Bitten nur selten nach. Doch ein Gefühl sagte ihm, dass diese im Wald hausenden Zweibeiner anders waren.
„Keine Angst. Ich flitze nur kurz in das Zweibeinernest und komme dann sofort zurück", flüsterte Filou und berührte ihn mit einer ihrer riesigen Pranken.
Kimba nickte nur und fügte ein: „Ich lenke sie ab", hinzu.
Filous Fell hatte einen ähnlichen Farb-Mix wie der Boden. Auch die Schwärze der Nacht war ihre Ver-

bündete, denn die Dunkelheit trug dazu bei, dass Filou schon nach kurzer Zeit aus ihrem Gesichtsfeld entschwand, als ob der Wald sie verschluckt hätte. Ab und zu glaubte Kimba etwas Helles aufblitzen zu sehen, aber das konnte auch Einbildung sein.

„Machst du mit?", fragte er den Grauen, der das bisherige Geschehen unkommentiert beobachtet hatte. Wahrscheinlich war er froh, dass sich Filou freiwillig bereit erklärt hatte. Blöder flohverseuchter Streuner mit seinen bescheuerten Ideen! Doch nun war die Maus gegessen. Filou war nicht damit geholfen, dass sie Machtkämpfe abhielten. Obwohl er diesem abgemagerten Etwas sehr gern seine Krallen ins Fell versenkt hätte.

„Wobei?"

„Beim Ablenken", erwiderte Kimba und stimmte ein schauriges Gejaule an.

„Was ist das?"

„Keine Ahnung", erwiderte eine andere Stimme, „aber ich hatte euch gleich gesagt, dass mir dieser Ort nicht geheuer ist."

„Quatsch! Musst dir nicht in die Hose machen. Das werden nur ein paar Wildtiere sein. Na wartet, ihr Viehzeug! Ich habe was für euch! Wie gefällt euch das?"

Ein Knallen erklang, das Kimba für einen Augenblick verstummen ließ.

„Die schießen", sagte der Graue und der Tonfall seiner Stimme ließ erahnen, dass dies nichts Gutes war.

„Wenn du von diesen todbringenden Stöcken getroffen wirst, dann ..." Der Graue sprach nicht weiter.

Doch Kimba konnte sich auch ohne nähere Erklärung vorstellen, was dann passieren würde. Jedes einzelne Härchen seines Fells war aufgerichtet. „Dann lass uns weitermachen! Wenn sie sich auf uns konzentrieren, ist zumindest Filou in Sicherheit. Vielleicht könntest du dich ein paar Mäuselängen weiter weg hocken. Dann klingt es noch besser."
Schon bald war die Luft erfüllt von einem gespenstischen Gekreische, das sich zu vervielfältigen schien. Immer mehr Tiere der Abendstunde stimmten in den „Gesang" mit ein und bildeten den Chor der Nacht.

Ihr Auftrag

Der Zweibeiner, der vor der Hütte auf einem Stuhl gesessen hatte, sprang auf und fuchtelte mit diesem komischen Stock herum.
"Wer ist da?", fragte er und stierte in die Dunkelheit. Auch wenn Filou noch nicht so viele Jahre mit den Zweibeinern zusammenlebte wie ihr Katzengefährte Kimba, wusste sie doch eines mit Gewissheit: Der Zweibeiner kann nicht besonders gut sehen, wenn die Sonne schlafen gegangen ist. Es war immer wieder ein amüsantes Spiel, wenn sie dieses Wissen ausnutzte, um sich bei Einbruch der Dämmerung in den Büschen zu verstecken. Von diesem Platz aus konnte sie stets gut beobachten, wie ihre Zweibeiner sie vergeblich suchten. Doch dieses Necken war natürlich nicht mit dem zu vergleichen, was sie nun vorhatte. Alles an Filou war auf das höchste konzentriert. Sie presste sich flach auf die pickigen, kleinen Stöckchen, die den Boden bedeckten. Ihre Schwanzspitze zitterte vor Erregung, während ihre Ohren hin- und herzuckten. Filou fixierte die Tür des Zweibeinernestes. Diese war nur einen Spalt breit geöffnet. Genau richtig, um einem wendigen Katzenkörper ohne Probleme Einlass zu gewähren. Alles musste schnell gehen, denn der Mensch bewachte seinen kleinen Bau, als verteidigte er eine wichtige Beute. Immer noch erklangen Schreie, die durch die Dunkelheit hallten. Dem Zweibeiner schien das Konzert nicht zu gefallen, denn er lief unruhig hin und her und fuchtelte dabei immer wieder mit diesem Ding herum. Filous Herz raste,

während sie sich langsam über den Boden bewegte. Eine Mäuseschwanzlänge, zwei, drei ... Stück für Stück. Die ganze Zeit hielt sie ihren Körper an den Boden gepresst. Ihr hellbraun-rötliches Fell verschmolz mit der Umgebung. Eine weitere Mäuseschwanzlänge war geschafft. Dann verharrte sie für einen kurzen Augenblick, spannte alle ihre Muskeln an und rannte los.

Prahlstunde

„**D**u hättest dabei sein sollen, Rudi. Als ich die ganze Sippe in die Flucht geschlagen habe."

„Nun, da ist mir eine andere Geschichte zu Ohren gekommen."

„UNSINN! Katzengeplärr! Du kennst mich doch. Ich, Zippu, werde doch noch mit einer Wildschweinrotte fertig."

Die beiden Hunde saßen sich gegenüber, während ihre Zweibeiner es sich im Nest gemütlich gemacht hatten und laute Gespräche führten. Bei solchen Anlässen tranken sie meistens scharf riechende Flüssigkeiten. Das helle Licht hatte den Himmel schon lange verlassen, doch die Zweibeiner schienen dies noch nicht bemerkt zu haben. Entgegen ihrer sonstigen Gewohnheiten frühzeitig die warmen Liegestätten aufzusuchen, machten sie heute keine Anstalten, überhaupt dorthin gehen zu wollen. Komplizierte Wesen, diese Menschen!

„Ich habe sogar gehört, dass du mit einer Ungelernten in den Wald gezogen bist."

„Ich", erwiderte Zippu entrüstet, während er sich fragte, wer die Geschichte weiter erzählt haben könnte. Bestimmt dieses Katzenvolk, dachte er und fixierte seinen Jagdkumpel Rudi mit seinen kleinen, dunklen Augen.

„Du glaubst doch nicht wirklich, dass ich Regel Nummer eins nicht beherzigen würde."

„Hm", murmelte Rudi, ohne den Blick abzuwenden.

Zippu war sich bewusst, dass Rudi nur auf einen Fehler von ihm wartete, um der neue Anführer zu werden. Rudi war jünger und überragte ihn an Körpergröße. Sie kannten sich nun bereits seit vielen Hundejahren und es war Zippu keineswegs entgangen, dass Rudi danach gierte in der Rangordnung ganz nach oben zu gelangen. Nein, das konnte er nicht zulassen!
„Was bedeutet dein: „Hm?", knurrte Zippu und fletschte die Zähne, während er insgeheim hoffte, dass es zu keinem Kampf kommen würde. „Glaubst du mir etwa nicht?"
„Rudi! Rudi! Komm mein Lieber. Wir gehen nach Hause. Komm schnell!"
„Oh", sagte Rudi, „mein Frauchen ruft." „Ich muss dann los."
Ohne auch nur ein weiteres Wort zu verlieren, wandte sich Rudi ab und trottete zu seinem Frauchen. Diese begrüßte er schwanzwedelnd und leckte überschwänglich ihre Pfote, als diese ihm durch das drahtige, kurze Fell strich.
„Da ist ja mein Rudi. Ihr habt bestimmt schön miteinander gespielt."

Erwischt!

Sie hatte es geschafft unbemerkt in das kleine Zweibeinernest zu gelangen, doch noch immer war jedes ihrer Sinnesorgane hoch konzentriert. Wer konnte wissen, welche Gefahren im Inneren lauerten? Zum Glück hatte sie noch keine Spur von dem Hund gefunden, den Kimba beschrieben hatte. Einen Furcht einflößenden Köter, dessen Zähne im fahlen Licht der Mondscheibe aufgeblitzt hatten und aus dessen Maul irgendwelche Flüssigkeit tropfte ... Nein, solch einem Ungeheuer wollte sie auf keinen Fall begegnen.

Das Zweibeinernest war nicht beleuchtet. Selbst die durchsichtigen Wände waren mit Decken zugehängt worden. Was auch immer die Zweibeiner hier versteckten, es musste sehr wichtig sein. Aber was konnte das sein?

„Hallo, wer bist du denn?", flüsterte eine menschliche Stimme.

Filou erschrak, jedes einzelne Haar ihres Fellkleids richtete sich auf und ließ sie ihre Körpergröße mehr als verdoppeln. Die Ohren flach an den Kopf gepresst, starrte sie in die Richtung, aus der die Worte gekommen waren. Schemenhaft konnte sie die Umrisse eines Zweibeiners erkennen.

„Keine Panik. Komm zu mir! Bitte." Menschliche Pfoten streckten sich ihr entgegen. Filou begann zu fauchen, bereit ihre sichelförmigen Krallen einzusetzen.

„Du brauchst mich nicht zu fürchten. Bitte, hilf mir."

Da war irgendetwas in dieser Stimme, das Filou verriet, dass von diesem Wesen keine Gefahr ausging.

Doch da war noch etwas. Dieser Zweibeiner schien Angst zu haben. Hatte auch er sich vor diesen Zweibeinern mit den todbringenden Stöcken versteckt? Wenn doch Kimba nur hier wäre. Der Schwarze hatte viel mehr Erfahrung, um Situationen besser einschätzen zu können. Filou war unschlüssig. Einerseits wollte sie diesen Ort so schnell wie möglich verlassen, andererseits war da noch dieser Mix aus Neugier und Mitleid, der sie veranlasste zu verweilen.
„Bitte!", schluchzte diese Stimme.
Filou begann zu schnurren. Ein gutes Mittel um sich selbst zu beruhigen und dem Gegenüber mitzuteilen, dass man in freundlicher Absicht gekommen war.
„Bitte", wiederholte der Zweibeiner. Seine Pfote sackte zu Boden. Ganz vorsichtig näherte sich Filou. Instinktiv erkannte sie, dass dieser Mensch, der da am Boden kauerte, Trost benötigte. Nun war sie so nah, dass einzelne Finger seiner Pfote sanft ihr Fell berühren konnten. Dann wagte sie sich eine weitere Mäuseschwanzlänge in seine Richtung und unterzog ihn einer genauen Betrachtung. Es schien sich um einen jungen Zweibeiner zu handeln. War er verletzt? An den Pfoten und Füßen trug er etwas, das sie schon einmal bei großen Hunden gesehen hatte und das ihrer Meinung nach als Halsband bezeichnet wurde. Auch ihre Zweibeiner hatten ihr schon einmal so etwas Ähnliches um den Hals gelegt, das zu allem Überfluss auch noch eigenartige Gerüche abgegeben hatte. Sie hatte einige Zeit benötigt, um dieses lästige Teil loszuwerden. Wusste der Zweibeiner nicht, dass man diese Dinger um den Hals trug? Die Zweibeiner

waren schon komische Wesen. Mittlerweile war sie in „Streichelnähe" und sie genoss die Zärtlichkeiten. Es war eine Wohltat nach all den Strapazen und Aufregungen. Wenn sie ihre Augen schloss, konnte sie sich fast vorstelltten, in ihrem Zweibeinernest zu sein. Plötzlich stoppte das Liebkosen. Filou öffnete die Lider und betrachtete den Zweibeiner.

„Ich habe eine Idee", murmelte dieser und machte sich mit seinen Pfoten an irgendetwas zu schaffen, das um seinen Hals baumelte. Filou war sich nicht sicher, aber sie glaubte, dass dieses Teil „Kette" genannt wurde. Vielleicht war die Kette der Grund, dass er die Halsbänder an anderen Stellen trug, obwohl sie ihn dort in seiner Bewegungsfreiheit sehr einzuschränken schienen. Na ja, wie bereits mehrfach erwähnt: Zweibeiner waren eigenartig. Auch ihre Menschen, besonders die weiblichen, trugen Ketten um den Hals. Warum, konnte sich Filou nicht erklären. Vielleicht war es eine Art von Erkennungsmerkmal. Sie nahm sich vor, bei Gelegenheit den Schwarzen danach zu fragen. Plötzlich hielt ihr der Zweibeiner die Kette vor die Nase. Sie schnüffelte daran, bevor sie sie leicht mit der Pfote berührte. Das Ding wackelte von einer Seite zur anderen. Der Zweibeiner stoppte das Schwingen und hielt ihr die Kette dann wieder hin. Um ihm eine Freude zu machen, berührte sie sie erneut. Leider hatte sie keine Zeit sich weiter mit dem Zweibeiner zu beschäftigen, der offensichtlich mit ihr spielen wollte. Schließlich hatte sie eine andere wichtigere Aufgabe zu erfüllen. Sie rieb daher ihr Köpfchen an seiner Pfote, um ihm zum Abschied auf

Katzenart mitzuteilen, dass sie ihn sympathisch fand. Mit einer ruckartigen Bewegung streifte er ihr die Kette um den Hals. Erschreckt wich sie zur Seite. Mit einem scheppernden Laut fiel irgendetwas zu Boden. Der Knall dröhnte in Filous Ohren.
„Was ist denn hier los!", brüllte eine Stimme hinter ihr. Als sie sich umdrehte, erblickte sie den Zweibeiner, der die Tür bewacht hatte. Der todbringende Stock zeigte in ihre Richtung.

In Sorge

Der gemeinsame Chorgesang war verstummt. Nur vereinzelt war noch hier und dort ein Laut zu hören. Die Nacht war zurückgekehrt mit ihren eigenen Melodien. Kimba und der Graue hockten hinter einer Wurzel und hatten nur Augen für das Geschehen, das sich vor ihnen abspielte. Sie hörten das Gepolter, das aus dem Zweibeinerbau drang und sahen die Menschen in dem Nest verschwinden. Dann folgte ein Schuss, der die Nachtruhe so abrupt unterbrach wie ein Eindringling, der plötzlich wie aus dem Nichts in einem Revier auftaucht.

„Oh nein, oh nein", jammerte der Graue, „er wird doch nicht ...?"

Kimba gab keine Antwort und starrte stattdessen weiterhin in die Richtung des Zweibeinernestes. Als vor vielen Monden seine Zweibeiner das bunte Fellknäuel, das sie Filou nannten, angeschleppt hatten, war seine Begeisterung über diesen Familienzuwachs eher gering gewesen. Doch als sich herausstellte, dass trotz der Anwesenheit der Bunten sein Napf immer gut gefüllt war und er nicht mehr ganz so oft seine Zweibeiner mit Spielchen beglücken musste, da seine Mitbewohnerin mit sichtlicher Freude diesen mittlerweile für ihn anstrengenden Teil übernommen hatte, tolerierte er sie. Mit der Zeit war ihre Wohngemeinschaft eine Selbstverständlichkeit geworden. Es herrschte eine stumme Vereinbarung zwischen ihnen mit der wichtigsten Regel: Er blieb der Boss im Zweibeinernest. Allerdings musste er die

Bunte ab und zu nach Katzenmanier daran erinnern. Doch abgesehen von gelegentlichen Reibereien war es eine harmonische Verbindung. Kein Zweibeiner hatte das Recht dieses Miteinander zu zerstören.

„Komm!", befahl Kimba und stürmte in demselben Augenblick los, in dem die beiden Zweibeiner mit schallenden Rufen: *„Was ist passiert?" „Warum hast du geschossen?"* ebenfalls zum kleinen Zweibeinernest rannten.

Durcheinander

Das ganze Geschehen spielte sich in einer rasanten Geschwindigkeit ab. Mit einem noch viel schnelleren Tempo als diese braunen, mausähnlichen Wesen mit dem buschigen Schwanz in den Höhen der Bäume verschwanden, noch bevor man sie mit einem gezielten Pfotenschlag aufhalten konnte. Filou raste dem Ausgang entgegen. Das eigenartige Ding um ihren Hals hatte an Bedeutung verloren. Es galt nur noch eins: Weg hier! Ihr kleiner Katzenkörper schnellte los. Der ohnehin imposante Schwanz schien seine Größe vervielfältigt zu haben. Ihr Fell stand senkrecht in die Höhe. Sie wirkte wie eine Ladung entfesselter Energie, die mit aller Gewalt nach außen dringen will. Nur das eine Ziel vor Augen: Die Flucht durch die geöffnete Tür. Doch der Zweibeiner, offensichtlich erzürnt, dass er sein Ziel verfehlt hatte, schloss mit den Worten: *„Na warte, du Mistviech"*, die Tür. Filou hatte keine Ahnung, was er gesagt hatte. Allerdings verriet ihr der Tonfall seiner Stimme, dass es sich nicht um etwas Nettes handelte. In blinder Panik raste sie senkrecht die geschlossene Tür hinauf, ähnlich den Baumstämmen, die sie erklomm, wenn ein Adrenalinschub ihren Körper heimsuchte. Auf halber Höhe angelangt, drohten ihre Krallen den Halt zu verlieren, doch in genau diesem Moment wurde die Tür schwungvoll aufgerissen.
„Was ist denn hier los!"
Noch bevor den beiden Zweibeinern klar wurde, was eigentlich vor sich ging, sprang Filou auf den Boden.

Auch Kimba und der Graue erreichten den Ort des Geschehens. Sie waren zwei dunkle Schatten, die die Zweibeiner mit ausgefahrenen, sichelförmigen Krallen ohne Vorwarnung attackierten.
„Was zum Teufel noch mal!"
Der Raum war erfüllt von Schmerzensschreien und einem wilden Getrampel. Einer der Zweibeiner verlor im Gewühle den Halt. Beim Versuch seine Balance zu bewahren, klammerte er sich an einen seiner Kumpel, was beide zu Fall brachte. Die Katzen nutzten das Durcheinander und flüchteten durch die rettende Tür, dicht gefolgt von dem dritten Zweibeiner, der hinter ihnen her stolperte. Aus seinem todbringenden Stock lösten sich mehrere Schüsse.

Zuhause

Blut tränkte den Boden. Er konnte nicht mehr weiter, jeder Schritt verstärkte den Schmerz. Ohne einen Klagelaut sackte er an Ort und Stelle zusammen und blieb regungslos liegen.
„Was machst du? Steh auf! Wir müssen weiter."
Doch Filous Versuche ihn zum Weitergehen zu bewegen, blieben erfolglos.
„Was ist mit ihm?"
Das entfernte Stimmengewirr der Zweibeiner vermischte sich mit den Geräuschen der Nacht und hatte an Bedrohlichkeit verloren. Das Dunkle des Waldes hatte sie schützend aufgenommen. Doch die Euphorie, die sie empfunden hatten, als sie einen Zufluchtsort erreichten, wurde abgelöst von einer Ernüchterung. Vergleichbar mit dem Gefühl, das einem die gute Laune verdirbt, wenn man feststellt, dass die Zweibeiner irgendwelche ungenießbaren Dinge in die leckere, weiße Creme gemischt haben. Leider handelte es sich in diesem Fall um etwas viel Dramatischeres als eine Verschandelung des Essens. - Der Graue lag getroffen am Boden. Kimba stupste ihn leicht mit der Pfote an, um ihm danach mit der Raspelzunge über den Kopf zu lecken. Eine Behandlung, die er bisher immer nur seinen Freunden zugedacht hatte. Die Flanke des Grauen, aus der die Flüssigkeit tropfte, bebte, während seine geschlossenen Augenlider zuckten.
„Steh auf! Wir müssen weiter", flüsterte Filou mit zittriger Stimme. Kimba betrachtete die Verletzung,

um danach dem Grauen erneut den Kopf zu lecken, begleitet von Schnurrlauten, die aus seiner Kehle drangen.

„Ihr müsst allein weitergehen", hauchte der graue Stromer und hob mühselig seinen Kopf. „Für mich ist das Abenteuer vorerst zu Ende. Ich komme später nach." Als er seine Augenlider öffnete, zuckte Kimba leicht zusammen. Die Erinnerung an eine frühere Katzengesellschaft namens Tigger nahm Gestalt an, als stände sie direkt neben ihm. Es war nun schon viele Monde her, lange bevor Filou in sein Katzenleben getreten war. Diese trüben, glanzlosen Augen waren das letzte, das er damals von Tigger gesehen hatte, bevor sie aus seinem Leben verschwunden war. Weggetragen von seinen Zweibeinern, die sie mit schluchzenden Geräuschen in dieser verhassten Kiste mitgenommen hatten. Er hatte Tigger niemals wiedergesehen. Alle seine Rufe, all sein Suchen hatten nichts genützt. Nur die Kiste kam zurück, mit ihrem Geruch, der von Tag zu Tag schwächer wurde, bis auch er nur noch in seiner Erinnerung existierte. Dann trat Filou, das kleine quirlige Fellknäuel in sein Leben. Lange hatte er keinen Gedanken mehr an Tigger verschwendet, doch diese matten, weit aufgerissenen Augen hatte er nie vergessen. Was auch immer dieser Blick zu bedeuten hatte, dieses Mal wollte er ein „Verschwinden" nicht akzeptieren. Er musste etwas unternehmen, bevor der Graue auch an einen anderen Ort gehen würde. Nun, er empfand keine große Zuneigung für den dürren Vagabunden, oder? Na, wie auch immer ... Das spielte doch keine

Rolle. Er war es ihm einfach schuldig! Jawohl. Sie hatten das Abenteuer zusammen begonnen und sie sollten es auch zusammen beenden.

„Geht schon! Haut ab! Ihr habt schließlich ein Zuhause. Mich wird keiner vermissen", wimmerte der Graue.

„Das stimmt nicht. Wir würden dich vermissen", flüsterte Filou

„Das ist wahr", fügte Kimba hinzu. „Wir holen Hilfe. Keine Sorge. Du wirst schon bald wieder durch dein Revier streifen können, um Geschichten zu erzählen."

Mit diesen Worten wandte sich Kimba ab.

„Mach schon, Filou. Wir dürfen keine Zeit verlieren!" Trotz der schmerzenden Pfotenballen rannte er los. Er blickte nicht zurück. Geräusche hinter ihm verrieten Kimba, dass Filou ihm folgte. Schweigend machten sie sich auf den Weg. Instinktiv trotteten sie durch den Wald Richtung Zuhause. Schon bald erreichten sie das riesige Zweibeinernest. Dieses Mal trafen sie weder dieses große Gans-Federtier noch die freundliche Hofkatze. Kimba war sehr froh darüber, so konnten sie ohne aufgehalten zu werden, passieren. Ihm stand sowieso nicht der Sinn nach einer Konversation. Während des ganzen Rückwegs versuchte Kimba einen Plan auszuarbeiten, wie er seinen begriffsstutzigen Zweibeinern begreiflich machen sollte, dem Grauen im Wald zu Hilfe zu eilen. Verdammter Mäusedung! Er wollte nicht, dass der Graue verschwand. Wie man die Maus auch drehte und wendete, er würde ihn wirklich vermissen. Die-

sen Lügner und Scharlatan mit seinem ungepflegten Aussehen. Sie mussten ihn einfach retten. Aber wie?
„Wir sind endlich Zuhause", hechelte Filou, als sie ihr Zweibeinernest erreicht hatten.

Ein Versprechen

Es herrschte ein geschäftiges Treiben. Die Geschehnisse schienen sich zu überschlagen und ließen keine Zeit für eine Rast. Kimba war müde, sehr müde. Doch er konnte nicht zur Ruhe kommen. Immer wenn ihm die Lider zufielen, sah er den Grauen vor sich. Er hatte ihm ein Versprechen gegeben: „Wir werden Hilfe holen. Keine Sorge." und das galt es nun in die Tat umzusetzen. Doch bisher hatte er noch keine brauchbare Idee, was er diesbezüglich noch unternehmen konnte. Keine Ahnung, wie oft er schon um die Beine seiner Zweibeiner gestrichen war, um sich danach laut klagend vor die Tür zu setzen. Ohne Erfolg.

„Nein, du bleibst jetzt hier. Leg dich schlafen. Wir haben keine Zeit." Als sie endlich nach dem langen Marsch ins Zweibeinernest zurückgekehrt waren, schienen ihre Menschen sehr erfreut. Sie sparten nicht mit Streicheleinheiten und Liebkosungen. Davon abgesehen füllten sie ihre Näpfe mit Köstlichkeiten. Toll, wieder zu Hause zu sein.

„Filou, was hast du denn da um den Hals? Du Arme. Lass mal schauen."

In dem Moment, als ihre Zweibeiner Filou von dieser Halskette befreit hatten, änderte sich die Situation schlagartig. Keine streichelnden menschlichen Pfoten mehr, keine netten Worte, sondern nur noch diese Hektik, die Zweibeiner von Zeit zu Zeit zu brauchen schienen. Man konnte nie im Voraus sagen, was der Auslöser für diese Unruhe war. Menschen waren und blieben komplizierte Wesen. Dieses Mal schien allerdings diese Kette der „Übeltäter" zu sein.

„Oh, nein! Seht euch das an! In diese Kette ist ein Name eingraviert: Malik. Ist das nicht der Junge, der entführt wurde? Wir müssen sofort die Polizei rufen."

Ihre Zweibeiner waren zu dem Gerät geeilt, mit dem sie sprachen wie mit einem anderen Zweibeiner, obwohl niemand zu sehen war. Er hatte noch nicht herausgefunden, ob es einen Zusammenhang gab zwischen dem eigenartigen Ding und Besuchern. Wie auch immer. Kurz nach diesem Selbstgespräch waren fremde Zweibeiner aufgetaucht, die sich anscheinend gerne unterhielten. Sie redeten und redeten. Kimba hatte nur wenige Wörter verstanden. Aber das war nicht ungewöhnlich, da die Zweibeiner sehr schnell sprachen, wenn sie sich untereinander austauschten. Was allerdings sehr merkwürdig war, war die Tatsache, dass er das Gefühl nicht loswurde, dass Filou und er anscheinend das Thema dieses Gespräches zu sein schienen. Neben ihren Namen waren es die Blicke, mit denen diese Fremden sie betrachteten. In all seinen Jahren hatte er noch nie etwas Vergleichbares erlebt. Die Kette hatten die fremden Zweibeiner mittlerweile in eine durchsichtige Hülle gepackt. Kimba spürte einen Anflug von Stolz, denn schließlich waren sie es gewesen, die diesen wichtigen Gegenstand mitgebracht hatten. Plötzlich klingelte es. Als die Tür geöffnet wurde, erhaschte Kimba einen kurzen Blick auf die Neuankömmlinge. Was für eine Unverschämtheit! Der würde es doch nicht wagen, in sein Revier einzudringen? Die Ohren flach an den Kopf gepresst, das Fell gesträubt, näherte sich Kimba der Haustür.

Das Ende?

Der ausgemergelte Katzenkörper bebte. So würde es also enden - sein Leben. Er atmete langsam ein und aus und begann zu schnurren. Die kehligen Laute machten den Schmerz erträglicher. Seine Gedanken schweiften ab, kehrten zurück in die Zeit, als er ein junges Kitten gewesen war. Er konnte sich nur noch schwach an seine Mutter erinnern. Irgendwann kam sie von ihrem Beutezug nicht mehr zurück. Sie waren zu zweit in diesem hohen Gras und hatten geschrien und gejammert. Doch niemand schien sie zu hören. Plötzlich verstummten die Schreie seiner Schwester. Anstupsen und Miauen war erfolglos. Sie lag einfach nur da und rührte sich nicht mehr. Von jetzt auf gleich war er allein an diesem unfreundlichen Ort. Als auch seine Lebensgeister mehr und mehr entschwanden, passierte es. Etwas packte ihn, wärmte ihn und redete in einer fremden Sprache.
„Hallo mein Kleiner. Hab keine Angst, ich kümmere mich um dich."
Sein Leben änderte sich abrupt, doch trotz der Zuneigung und der gefüllten Futterschüssel trauerte er um seine Schwester und seine Mutter, die einfach verschwunden waren. Es währte nicht lange, bis er erkannte, dass auch anderen jungen Katzen ein ähnliches Schicksal widerfahren war. Doch jedes Mal, wenn er sich mit einer dieser Katzen angefreundet hatte, kamen Zweibeiner und nahmen den Katzenfreund mit.

„Gräm dich nicht. Auch dich wird mal jemand aus dem Tierheim mitnehmen. Wenn du ein bunteres Fell hättest, dann wärest du bestimmt nicht mehr hier. Aber was soll man machen."
Er hatte keine Ahnung, was diese Worte bedeuteten. Was er aber bemerkt hatte, war die Tatsache, dass er von den Besucher-Menschen nicht beachtet wurde, so sehr er sich auch bemühte ihre Aufmerksamkeit zu gewinnen. Daher unterließ er eines Tages die Anstrengungen. Wie viele Katzenjahre er an jenem Ort verbracht hatte, konnte er im Nachhinein nicht mehr sagen. Eines Tages änderte sich alles. Ein Zweibeiner stand vor seinem Gehege und rief: *„Du siehst aus wie mein Charly, der vor ein paar Monaten über die ‚Regenbogenbrücke' gegangen ist."* Dann passierte das, was er schon oft beobachtet hatte, aber noch nie selbst erleben durfte. Er wurde in eine Kiste gesperrt und wegtransportiert. Anfangs hatte er große Angst, die sich als vollkommen unbegründet erwies. Der ältere Zweibeiner verwöhnte ihn mit Streicheleinheiten und allen anderen erdenklichen Annehmlichkeiten. Er durfte durch den riesigen Garten stromern und nachts auf einer großen, weichen Decke im Haus liegen. Es gab reichlich Essen, welches er mit niemandem teilen musste. Doch eines Tages, als er von seinem Kontrollgang zurückkehrte und sich auf die gemeinsame Schmusestunde freute, fand er seinen Zweibeiner auf dem Boden liegend. Auch dieses Mal half kein Mauzen und Anstupsen. Sein Zweibeiner lag einfach nur da, ohne sich zu rühren. Er hörte nicht auf zu Jammern, bis nur noch ein Krächzen aus seiner

Kehle drang. Irgendwann kamen andere Zweibeiner und nahmen seinen Menschen einfach mit. Er kam nie wieder zurück. Verschwand wie seinerzeit seine Mutter, seine Schwester und alle Katzenfreunde, die er bisher gehabt hatte.

Wieder landete er in einer Kiste. Doch dieses Mal endete der Transport an dem Ort, an dem er schon so viele Katzenjahre verbracht hatte.

Eine stumme Vereinbarung

„Ich glaube das ist keine gute Idee."
Noch bevor Kimba die Tür erreichen konnte, um den Eindringling zu vertreiben, wurde sie geschlossen. Na, was für ein Glück für dieses haarige Biest, dachte Kimba, während sich sein gesträubtes Fell wieder glättete. Genau in diesem Moment sauste die Bunte in einem beachtlichen Tempo an ihm vorbei. Ohne sich umzublicken, raste sie die Treppe nach oben hinauf. Kimba zuckte zusammen. Er blickte sich verwundert um, doch er konnte keine Gefahr erkennen. Was hatte sie nur? Abgelenkt von Filous merkwürdigem Verhalten, dem lauten Getöse um ihn herum und der Müdigkeit, gegen die er immer noch ankämpfte, bemerkte er nicht, dass die Haustür wieder geöffnet wurde.
„Braves Kätzchen."
Erstaunt schaute sich Kimba um und erstarrte. Da war wieder dieses Hundeungetüm. Der riesengroße Kopf mit der feuchten Nase näherte sich. Für einen Moment erhaschte er auch einen Blick auf die spitzen Zahnreihen, als der Köter sein Maul öffnete. Instinktiv wich Kimba zurück. Doch hinter ihm war eine Wand. Es gab kein Entkommen. Seine Haare richteten sich auf, ein Knurren drang aus Kimbas Kehle. Blitzschnell hob er eine Vorderpfote, die Krallen einsatzbereit, um sie in den „Hund" zu versenken. Noch bevor er zum Angriff übergehen konnte, entfernte sich die Schnauze.

„Ihr seid schon ein eigenartiges Volk", verkündete eine tiefe Stimme. Kimba war verdutzt und vergaß für eine Mäuseschwanzlänge die gefährliche Situation, in der er sich befand. Wer hatte gesprochen?
„Darf ich mich vorstellen? Ich bin Artus, ein Polizeihund."
„Glauben Sie, dass Sie Ihre Katze davon überzeugen können einen Moment stillzuhalten? Nur solange, bis mein Hund die Witterung aufgenommen hat."
„Wie stellen Sie sich das denn vor? Kimba ist nicht an Hunde gewöhnt."
Die Konversation der Zweibeiner war ein Mix von Worten, die in solch einer Geschwindigkeit gesprochen wurden, dass Kimba sich noch nicht einmal die Mühe machte irgendetwas davon zu verstehen. Abgesehen davon war er viel zu beschäftigt, diesen Hund anzustarren. Es war bei weitem nicht verwunderlich, ab und zu auf ein Exemplar dieser Gattung zu stoßen, mit dem man ein paar Worte wechseln konnte. Sunny und der lange Hund namens Zippu waren ein gutes Beispiel. Doch dieser überdimensionale Köter sprach nahezu akzentfrei.
„Was ist ein Polizeihund?"
„Ich helfe den Zweibeinern. Du musst wissen, die Menschen können nicht besonders gut riechen. Wenn es darum geht eine Fährte zu verfolgen, um jemanden zu finden, bin ich, mit Verlaub gesagt, der BESTE."
Der Gedanke schoss Kimba blitzschnell durch den Schädel. Das war des Rätsels Lösung! Dieser Gigant

von Hund mit der spitzen Schnauze und den katzenähnlichen Ohren konnte den Grauen aufspüren.

„Und wenn Sie Ihre Katze packen? Wir müssen jetzt schnell handeln, bevor die Entführer dem Jungen etwas antun."

Gerade als Kimba sich dem Hund nähern wollte, um ihm alle notwendigen Informationen zukommen zu lassen, wurde er von Menschenpfoten daran gehindert, die ihn umklammerten und hochnahmen. Er erschrak und begann zu fauchen. Er wand sich mit all seinen Kräften, um wieder auf den Boden gelassen zu werden. Sein Winden und Fauchen zeigte Wirkung. Als seine vier Pfoten den Boden wieder erreicht hatten, rannte er zu Artus.

„Du musst einem Freund von mir helfen. Einem grauen Kater, der verletzt zurückgeblieben ist. Keine Ahnung, ob er noch lebt. Beeil dich!"

Die Nase des Hundes schnupperte, während Kimba um die Beine des Kolosses strich, der doppelt so groß wie Sunny zu sein schien.

„Das ist unglaublich! Die beiden scheinen sich zu mögen. Wer hätte das für möglich gehalten?"

„Ich werde ihn finden. Versprochen!"

„Danke Dir", antwortete Kimba und stellte sich für einen Augenblick auf die Hinterbeine, um mit seinem Katzenschädel den riesigen Kopf des Hundes zu berühren, um ihre stumme Vereinbarung zu besiegeln.

Damals

"Da bist du ja wieder, du Armer."
Er wurde herzlich aufgenommen. Doch trotz aller Fürsorge sehnte er sich nach einem Für-immer-Zweibeiner, der nur für ihn allein da sein würde und nicht viele andere Katzen mitversorgen musste.
„Eine Katze ist nur frei, wenn sie ihr eigener Herr ist. Du solltest bei Gelegenheit abhauen. Dem Zweibeiner ist nicht zu trauen. Die Pfoten dieser Individuen können dich liebkosen und wenig später, wenn sie deiner überdrüssig sind, versuchen sie dich loszuwerden", sprach der struppige, abgemagerte schwarz-weiße Kater, mit dem er sein Quartier teilen musste und verzog sich nach dieser Rede in eine Ecke des Raumes.
„Die Zweibeiner sind nett und freundlich", konterte der Graue.
„Pah", spie der Abgemagerte verächtlich aus. „Wenn du gesehen hättest, was ich erlebt habe, würdest du keine Lobeshymnen auf die Zweibeiner anstimmen."
„Du bist nur grantig, weil du keinen Zweibeiner hast, der dich mag. Das liegt wahrscheinlich daran, dass du immer schlecht gelaunt bist. Was sollen die Zweibeiner schon Böses anstellen?"
Der Struppige verließ sein Versteck und hockte sich vor ihn, den dünnen Schwanz um die Vorderpfoten drapiert.
„So, so. Du glaubst mir nicht", säuselte er und begann zu erzählen. Eine schaurige Geschichte folgte der nächsten. Zum Teil so beängstigend, dass sich der

Graue am liebsten in eine Ecke verkrochen hätte, nur um nicht weiter zuhören zu müssen.

„Das hast du dir ausgedacht", sagte er mit zittriger Stimme. Er konnte es nicht glauben. Er wollte die Geschichten nicht glauben. „Alles Lügen", sagte er. Doch die Zweifel blieben, hafteten sich an ihn wie diese kleinen Plagegeister, die sich immer wieder in das Fell bohrten! Das unbekümmerte Vertrauen wich einer Skepsis, die sich von Mal zu Mal verstärkte, insbesondere wenn Besucher ihn mit Nichtbeachtung straften. Es wurde hell und dunkel, hell und dunkel. Der ewige Zyklus, den die Zweibeiner „Zeit" nannten, verrann. Wie lange er mit dem Struppigen das Quartier geteilt hatte, konnte er nicht mehr sagen. Man arrangierte sich nach Katzenart. Immer wenn der Struppige von den Zweibeinern mitgenommen wurde, merkte er erst, wie sehr er den Grantigen vermisste. Zum Glück kam er immer wieder und erzählte von den Misshandlungen, die er über sich hatte ergehen lassen müssen. Als sie den Struppigen das erste Mal mitgenommen hatten, dachte er: Dieses brummige Geschöpf hat endlich ein Zweibeinernest gefunden und seine Gefühle schwankten zwischen Freude und Eifersucht. Doch bald stellte sich heraus, dass seine Annahme ein Irrtum gewesen war. Niemand schien sich für sie zu interessieren.

„Die Zweibeiner piken dich, zwingen dich dazu schlecht schmeckende Dinge zu fressen, während ihre Pfoten streichelnd durch dein Fell gleiten. Komplizierte Wesen, diese Menschen. Aber lass dich niemals von ihren Schmeicheleien täuschen! Vergiss nie, was ich dir gesagt habe."

Der Struppige wurde nicht müde, die Warnungen immer und immer wieder zu wiederholen. Selbst an jenem Tag, als er für immer die Augen schloss.

„Lass mich nicht allein!", hatte er gejammert. Doch all sein Wehklagen hatte nicht geholfen. Wieder einmal war er einsam. Nein, er wollte nicht zurückbleiben. Nicht schon wieder ein Dasein der Unsichtbarkeit führen. Schon viel zu lange war es her, dass er sich in einem Zweibeinernest geborgen gefühlt hatte. Die Erinnerungen waren alt, fast schon verblasst. Eine Katze ist nur frei, wenn sie ihr eigener Herr ist. Dem Menschen ist nicht zu trauen. Diese Sätze verfolgten ihn und so nutzte er eines Tages die Gelegenheit davonzurennen, als die Tür seines Raumes für einen Augenblick offen stand. Es dauerte einige Zeit, bis er den Ausgang erreicht hatte. Die Zweibeiner riefen irgendwelche Worte, die er nicht verstehen konnte. Er überquerte Wege, auf denen sich Blechfahrzeuge mit rasender Geschwindigkeit bewegten. Bis er in einem Wald eine Pause einlegte.

Von diesem Zeitpunkt an hauste er überall und nirgendwo. Er war sein eigener Herr und niemand konnte ihn mehr „verlassen". Schließlich hatte der Struppige auch damit recht behalten, dass die Zweibeiner sehr gefährlich waren. Nicht, dass er als Streuner nur gute Erfahrungen mit den Menschen gemacht hatte, aber bisher hatte noch nie jemand mit todbringenden Stöcken auf ihn geschossen. Hier und jetzt würde es also enden - sein Leben. Nun war es an ihm zu gehen und niemand war da, der um i h n trauern würde.

Ende gut, alles gut?

Es war Katzenwetter und während Filou einen Streifzug durch die Umgebung machte, hockte Kimba auf der graslosen Fläche und stierte in die Gegend, ohne etwas bewusst wahr zu nehmen. Er machte sich noch nicht einmal die Mühe, dieses bunt schillernde Fliegerding zu jagen, das durch die Luft schwirrte und ihn aus großen Augen anzublicken schien.

Mittlerweile war die alltägliche Routine im Zweibeinernest zurückgekehrt und Kimba war sehr froh darüber. Fremde Menschen waren in Scharen erschienen und hielten jedes Mal einen kleinen Kasten vor ihr Gesicht. Dann tauchte ein helles Licht auf, gefolgt von Klickgeräuschen, die an die Laute eines Federtieres erinnerten. Unzählige Pfoten versuchten anschließend ihn oder Filou zu berühren. Es gab auch eine Vielzahl von verschiedenen neuen Fleischstückchen in ihrem Napf, die aber nicht alle schmackhaft waren. Einmal kam ein recht junger Zweibeiner vorbei, der Filou streichelte und streichelte, als könnte er gar nicht mehr aufhören. Aber Filou versicherte ihm, das sei schon in Ordnung. Das wäre der aus dem kleinen Nest im Wald und dort wäre er auch schon recht verspielt gewesen. Man müsste nur aufpassen, dass er nicht wieder mit diesen Ketten hantieren wollte.

Ihr Abenteuer im Wald hatte sich in Katzen- und Hundekreisen schnell herumgesprochen. Keiner wagte es seitdem mehr, ihn als alt oder langweilig zu bezeichnen. Trotz allem fühlte er sich, als seien ihm sämtliche Flutschdinger entwischt oder Baumbälle auf den Kopf gefallen. Denn da gab es noch etwas, das ihm die gute Laune verdarb. Er hatte nichts mehr von dem Grauen gehört. Dieser Artus-Hund war nicht mehr zurückgekommen und mit jedem Tag der verging wuchs Kimbas Ungeduld. Was war im Wald passiert? Hatte der Hund den Grauen noch retten können? Diese quälende Ungewissheit war mehr als störend!

„Er war ein Einzelgänger, der in den Wäldern gehaust hat. Wen stört es, wenn er nicht mehr da ist? Abgesehen davon konntest du ihn doch sowieso nicht leiden", sagte die grau-getigerte Gretzky, die mal wieder auf eine kurze Stippvisite vorbeigeschaut hatte.

„Na ja, so übel war er auch nicht."

„Dass ich das mal von dir hören würde", hatte sie kopfschüttelnd geantwortet, bevor sie sich auf den Weg nach Hause gemacht hatte.

Er brauchte irgendetwas, um auf andere Gedanken zu kommen. Aber was?

Genau in dem Moment tauchte das lästige, längliche Fliegerding wieder auf. Kimba verfolgte dessen Flugbahn mit seinen Augen. Seine Pupillen wurden dunkler und dunkler. Gerade als er zum Sprung ansetzen wollte, vernahm er Rufe. *„Oscar!" „Oscar!"*

Es raschelte, die Büsche bogen sich von einer Seite auf die andere. Noch bevor Kimba sehen konnte, was auf ihn zukam, erkannte er den Geruch. Innerhalb weniger Sekunden befand er sich in einem „Kampfmodus". Das Fell aufgerichtet, die Ohren flach am

Kopf, während der Schwanz hin- und herzuckte. Seine sichelartigen Krallen waren bereit den vermeintlichen Angreifer zu attackieren. Ohne Vorwarnung stürmte das Hundeungetüm auf ihn zu. Es ähnelte Sunny. Allerdings schien dieses Exemplar noch größer zu sein und noch etwas war anders. Das Fell dieses Hundes war schwarz. Nun war der Köter nur noch ein paar Mäuseschwanzlängen von ihm entfernt. Kimba ließ ein bedrohliches Knurren aus der Kehle erklingen. Doch dies schien das Hundemonster nicht zu beeindrucken. Kimba hob die Pfote und holte aus.
„Hallo, ich Oscar. Kennen du Artus?", fragte das Hundetier. Kurz bevor die ausgefahrenen Krallen die Nase des Hundes berührten, hielt Kimba inne.
„Artus, hast du gesagt?"
„Ja, Artus", wiederholte der schwarze Riesenhund. „Ich soll dir sagen, alles ist gut ..." Der Hund unterbrach die Konversation und wandte seine Aufmerksamkeit den menschlichen Rufen zu, die an Lautstärke deutlich zugenommen hatten. *„OSCAR!" „OSCAR!"*
„Das ich bin", erklärte der Hund, „warum schreien die laut?" „Wollen die allen mitteilen, wie sie mich nennen?" Der Oscar-Hund blickte Kimba mit seinen dunklen Augen irritiert an. Kimba trippelte von einer Pfote auf die andere. Er war aufgeregter als damals, als er vor der großen Herausforderung stand, seine erste, Maus zu fangen. Die Anspannung war unerträglich. Konnte sich dieses Hundetier nicht wenigstens so lange konzentrieren, bis es die Botschaft übermittelt hatte?

„Zweibeiner neigen von Zeit zu Zeit zu lauten Rufen. Wahrscheinlich hören sie schlecht", erklärte Kimba, um den Wissensdurst des Hundes zu stillen.
„Ach so", erwiderte der Große und schüttelte seinen Kopf, dass die langen Hängeohren hin- und herschaukelten. „Sollen wir spielen? Du rennst weg, ich folge. Ist doch Lieblingsspiel von euch, nicht wahr?"
Unter anderen Umständen hätte Kimba die Gelegenheit ergriffen, diesem Schlappohrenhund ein paar Grundkenntnisse in Bezug auf Katzen zu vermitteln. Doch jetzt wollte er nur eins: Informationen.
„Nein, dieses Spiel gehört nicht zu unseren Favoriten. Ganz im Gegenteil! Nun sag mir, was ist mit Artus? Konnte er den Grauen retten?", fügte er schnell hinzu, um endlich auf das eigentliche Thema zurückzukommen. Während ihrer Unterhaltung waren die Schreie der Zweibeiner immer energischer geworden.
„OSCAR!!!"
„Oh, ich glaube, ich gehen muss", sagte der Oscar-Hund und wandte sich plötzlich ab.
„Stopp! Du wolltest mir doch noch etwas mitteilen."
Der schwarze Hund verharrte an Ort und Stelle und blickte Kimba an, als sähe er ihn zum ersten Mal.
„Was ist mit Artus und der grauen Katze?"
„Ach ja, geht gut. Katze lebt jetzt bei Artus. Erzählt viele Geschichten. Soll dich grüßen und danken." Mit diesen Worten verschwand der dunkelfarbige Hund in den Büschen. Es dauerte nicht lange bis Kimba einige Sätze der Zweibeiner aufschnappte: *„ Na, endlich. Da bist du ja, du Schlingel."*

Das war immer wieder erstaunlich, dachte Kimba. Erst regten sich diese Zweibeiner auf und dann schien alles wieder in Ordnung zu sein. Wie bereits erwähnt: Menschen waren sehr komplizierte Wesen. Aber vielleicht lag es in diesem Fall wirklich daran, dass sie sehr schlecht hörten und deshalb von Zeit zu Zeit so furchterregend laut schreien mussten.

Kimba hockte eine ganze Weile auf der Wiese und genoss das Katzenwetter. Er fühlte sich gut, sehr gut. Das helle Sonnenlicht schien heute eine besondere Wärme zu spenden. Er konnte sich nicht daran erinnern, jemals so einen tollen Katzenwettertag erlebt zu haben. Wer weiß, vielleicht würden die Menschen heute noch kalte Eiscreme essen und ihm einen Klecks davon abgeben. Nun würde er sich aber erst einmal auf die Suche nach Filou machen. Er konnte es kaum erwarten, ihr die Neuigkeiten vom Grauen zu erzählen.

Während er sich einen Weg durch das hohe Gras bahnte, schnurrte er zufrieden.

Lexikon:
Hier ein paar Übersetzungshilfen, falls erforderlich.

Flutschdinger	Fische
Gelbschwarze Flieger	Bienen
Glitschiger Hüpfer	Frosch
Brummdinger	Fliegen
Federtiere	Vögel
grüne, rote Bälle	Äpfel
graslose Fläche	Terrasse
Flatterdinger	Schmetterling
Stachelwesen	Igel
Blechfahrzeuge/ Blechmaschinen	Auto/Traktor
bunt schillerndes Fliegerding mit riesigen Augen	Libelle
braune, mausähnliche Wesen mit buschigem Schwanz	Eichhörnchen
mäuseklein	klitzeklein
todbringende Stöcke	Gewehre
Punkte am Himmel	Sterne
helle, weiße Fetzen	Papiertücher
menschliche Pfoten	Hände

Einige Schilderungen in diesem Buch beruhen auf wahren Begebenheiten. Das meiste ist aber frei erfunden. Viele der tierischen Helden leben oder lebten wirklich. Zum Teil wurden allerdings deren Namen geändert. Kimba, der Held der Geschichte hat die Veröffentlichung dieses Buches leider nicht mehr erlebt. Er verstarb im Alter von 20 Jahren.
Danke für die schöne Zeit, Kimba!

Es ist mal wieder an der Zeit DANKE zusagen. Für alle, die mir bei diesem Romanprojekt mit Rat und Tat zur Seite gestanden haben. Allen voran mein Mann Burkhard, gefolgt von meiner Lektorin und lieben Autorenkollegin: Ulrike Spieckermann und natürlich Uta Baumeister, die das Cover gestaltet hat. Was wäre ich ohne Euch? Herzlichen Dank für Eure Unterstützung! Ein besonderer Dank gebührt natürlich Kimba und Filou und allen anderen Mitwirkenden, ohne die es dieses Buch überhaupt nicht gegeben hätte!
Danke auch an Sie, liebe Leser, die sich mit den tierischen Helden auf das Abenteuer eingelassen haben.

Zum Schluss noch einmal die uralte Katzenweisheit, bevor ich mich von Ihnen verabschiede.

TUE ES; WENN DIR DER SINN DANACH STEHT!

In diesem Sinne
Alles Gute!
Ihre *Martina Grünebaum*

Auf keinen Fall vergessen!

TUE ES, WENN DIR DER SINN DANACH STEHT.

Kimba

Weitere Bücher von Martina Grünebaum:

Die Quote

Verwaltungsfehler passieren nicht nur auf Erden!

Was verbindet das schöne Sauerland in Westfalen mit dem malerischen Cornwall in Südengland?
Wer ist der geheimnisvolle „Ihm"?
Welche „Quote" gilt es zu erfüllen?
Fragen über Fragen!

Bist DU bereit für die Antworten?

ISBN 978-3-749481-74-3   9,90 € Paperback
Auch als E-Book erhältlich

Nebenbei die Welt sortieren

Marian, Hausfrau und Mutter, ist eine Auserwählte. Eine der drei Weltenreiter. Allerdings birgt diese Aufgabe auch Gefahren und da liegt Marians Problem. Denn Heldin zu sein, ist nicht ihre Paraderolle. Abenteuer in Form von Filmen, die man bequem vom Sofa aus verfolgen kann, das ist ihr Spezialgebiet. Während die Naturkatastrophen toben, ist es an Marian, ihre Stärke zu erkennen. Die Zeit drängt, denn die Elemente ernähren sich von der Unzufriedenheit der Menschheit und davon ist reichlich vorhanden: Doch wie sagt stets der Ehrwürdige: „Jede Geschichte wird Seite für Seite geschrieben. Das Ende erfahren wir zum Schluss. **„SEID BEREIT!"**

ISBN 978-3-746055-92-3   11,90 € Paperback
Auch als E-Book erhältlich

Mäuse K.O.

Kater Peter findet ein neues Zuhause, in dem er sich sofort wohl fühlt. Doch eines Tages steht ihm die größte Herausforderung seines bisherigen Lebens bevor, als eine Maus im Vorrat ihr Unwesen treibt. Denn da gibt es ein Problem. Kater Peter hat Angst vor Mäusen. Als sich die Vorratstür hinter ihm schließt, beginnt das Abenteuer.
Eine lehrreiche, kindgerechte Katzengeschichte zum Schmunzeln und Mitfiebern mit Bildern zum Ausmalen.

Mit dem Kauf dieses Buches unterstützen Sie den Tierschutzverein Werdohl-Neuenrade e.V.

ISBN: 978-3-750408-62-3 **6,99 €**

Weitere Informationen unter:
martinagruenebaum.jimdo.com
www.triolit.de